黒いハンカチ

小沼　丹

住宅地の高台に建つＡ女学院――クリイム色の壁に赤い屋根の建物があって，その下に小さな部屋が出来ていた。屋根裏と云った方がいいそこがニシ・アズマ女史のお気に入りの場所だった。ちっぽけな窓から遠くの海を眺め，時には絵を描いたりもしたが，じつは誰にも妨げられずに午睡《ひるね》ができるからだった。だが，好事魔多し。そんな彼女の愉しみを破るような事件が相次ぐ。そしてニシ先生が太い赤縁のロイド眼鏡を掛けると，名探偵に変身するのだ。飄飄とした筆致が光る短編の名手の連作推理，待望の初文庫化。

黒いハンカチ

小沼　丹

創元推理文庫

BLACK HANDKERCHIEF

by

Tan Onuma

1958

目次

指輪　九
眼鏡　二七
黒いハンカチ　四四
蛇　六一
十二号　七八
靴　九七
スクェア・ダンス　一一四
赤い自転車　一三三
手袋　一五〇
シルク・ハット　一六八
時計　一八六
犬　二〇四
あとがき　二二三
解説　新保博久　二三四

黒いハンカチ

指輪

その三階が、彼女の気に入っていた。三階と云うが、二階建だから実際は屋根裏と云った方が正しかった。クリイム色の壁に赤い屋根を載せた二階建の建物があって、屋根の部分が、左右と中央と三箇所、三角形に隆起していた。左右の隆起は変化を持たせるための装飾らしかったが、中央の三角形は左右のそれよりも高く塔のような恰好になっている。その塔の下に小さな部屋が出来ていた。小さな部屋、それがつまり、彼女の気に入っている三階である。

その建物——簡単にA女学院と申上げて置く——は高台にあった。屋根裏のちっぽけな窓から、眼の下に芝生と樹立《こだち》を適当にあしらった庭が見えた。庭の先には緑の多い住宅地の屋根が続き、屋根が尽きる辺りに遠く海が見えた。海が——そしてときには船のマストとか白い帆なぞが……。

屋根裏の窓から遠く海を眺めて——賢明なる読者は彼女が人知れずひそかにもの想いに耽《ふ》けるとか、或《あるい》はこっそり詩でも作っているのではないか、とお考えになるかもしれない。それは満更当っていない訳では無い。実際のところ、彼女は詩は作らなかったが、この屋根裏でときどき絵を描いた。尤も、その絵が上手か下手《へた》かとなると話は別である。一度、彼女の同僚のインド鶯《うぐいす》女史、この女史はヨシオカ先生と云って音楽の担任で歌がたいへん上手《うま》いが、色がまたたいへん黒いので、「インド鶯」と呼ばれているのだが、この先生がこう云った。

——あら、あんた案外、絵は下手なのね。

——まあ、御挨拶ね、と彼女は云った。下手だからって描いて悪いことは無いでしょう？

——そりゃ悪かありませんよ。

そのとき彼女は一個の南瓜《かぼちゃ》を描いていたのだが、インド鶯先生には、どう見ても潰《つぶ》れ掛けた風船玉としか見えなかった。尤も、描いている彼女に云わせると、その絵の題は「シンデレラの幻想」となる筈であった。

而《しか》らば彼女は、南瓜を美しい馬車に変えた魔法使の婆さんなんか出て来る物語の世界に惹《ひ》かれる、ロマンチックな精神の所有者なのか？　しかし、これはそうとも云えなかった。何故なら、彼女が三階を愛するのは、誰にも妨げられずに午睡《ひるね》が出来るためだったから。新しくベッドを購入したため、不用になった衛生室の古ベッドを三階に運び込ませることに成功したのも彼女である。

——おやおや、さてはあそこで午睡でもする心算《つもり》じゃなくて？

そう云う連中もいたが、誰も真逆《まさか》彼女がほんとに屋根裏で午睡なんかするとは思っていなかった。だから、彼女が、その古ベッドの上でのんびり鼾《いびき》をかいているなんて知っている人は極《ご》く尠《すくな》かった。彼女は手廻し良く、ちゃんと眼覚時計迄《まで》用意していた。亀と競争した兎ではないが、兎角《とかく》寝過すと碌《ろく》なことは無い。眼覚時計のベルが鳴ると、彼女は澄《すま》して屋根裏から降りて行く。

ところで、四月半ばの或る日の午后、彼女は一時間の午睡を愉《たの》しむべく三階に上って行った。窓から見える庭のあちこちの桜は既に花を落していたが、芝生のあちこちには色取どりの草花が咲いていて眺めは悪くなかった。窓を開くと、遠く霞《かす》んで見える海の方から気持の良い風が流れ込んで来る。

——午睡にはもってこいね。

彼女は呟《つぶや》いた。それから眼覚時計の針を合せると古ベッドに寝転んだ。しかし、彼女は眼覚時計のベルならぬ小使の婆さんの呼声に折角の午睡を妨げられた。とんとんと扉を敲《たた》いて婆さんは云った。

——先生、ニシ先生、お客様ですよ。

小使の婆さんは、彼女がどこで何しているかちゃんと心得ていた。彼女——ニシ・アズマはベッドの上に寝転んだ儘《まま》答えた。

——スズキさんって方でしょう？　それなら茲《ここ》へお通しして頂戴な。

——茲へですって？　と婆さんは扉を半開きにして覗込んだ。真逆……、こんな汚い所へお客さんをお通ししちゃ、学校の……。

――あたしの友達よ。構わなくてよ。

婆さんは、やれやれと云う顔をして退散した。二分と経《た》たぬ裡《うち》に、階段を威勢良く上って来る足音が聞えたと思うと、扉が開いて、洒落《しやれ》た洋装の若い女が姿を現した。成程、小使の婆さんでなくても、こんな盛装した美人を屋根裏へ送り込むのはちょいと躊躇するだろう。現れた女性は、しかし、屋根裏なんて一向に気にも留めぬらしく、

――あら、先日はどうも……

と云うと甚《はなは》だ賑《にぎや》かなお喋りを始めた。お喋りの最中に、突然、彼女は頓狂《とんきよう》な悲鳴をあげると腰掛けていたベッドから跳上った。しかし、ニシ・アズマは一向に驚かなかった。徐《おもむろ》に腕を伸して鳴出した眼覚時計を止めた。

――まあ、吃驚《びつくり》した。眼覚時計のベルだったのね？

――ほんとは、あたしいま、午睡うとうと夢から覚めるときだったのよ。

――それどう云うこと？

客の女性――即ちスズキ・ケイコはここで初めて狭い屋根裏を眺め廻したが、眺め終るのに三十秒とは掛《かか》らなかった。それから、少しばかり変な顔をした。

――ここ、何なの？

この質問に対する答は、読者は先刻御承知の筈だから省略しよう。ニシ・アズマ先生の説明を聞くと、彼女はどうやら納得したらしかったが、まだ落着かぬらしい顔をしていた。ところ

でスズキ・ケイコがニシ・アズマと話している間に、何故、スズキ・ケイコがニシ・アズマを訪ねて来たか、理由を述べて置こう。

二人は女子大時代の友人である。卒業して暫《しばら》く会わなかった。ところが、一週間ばかり前のことだが、是非会いたいとスズキ・ケイコからニシ・アズマに電話が掛って来て、二人は街のレストランで会った。そのとき、スズキ・ケイコはこんな話をした。

彼女は在学中から、Kなる一人の若い男と熱烈な恋愛関係にあった。Kは或る有名な会社の重役の次男坊だが、スズキ・ケイコはそれで好きになった訳じゃない。Kの父親も、彼女の両親も大体承知していて、卒業したら秋に結婚式を挙げると云う話になっていた。ところが、好事魔多しと云うが、Kはその年の五月、交通事故で死んでしまった。自動車を飛ばし過ぎてトラックに衝突したのである。無論、彼女は悲しんだが、仕方が無い。また、悲しみは常に時が解決する。一年近く経つと、彼女もKのことは想い出の片隅の位置に置けるようになった。

Kが死んで一年近く経ったこの頃、Kの姉から手紙が来た。それを要約すると次のようになる。第一に、Kが嘗《かつ》て彼女に贈ったダイヤ入りの指輪は母の形見である、いや、形見らしい。何しろ、紛失していることは事実である。第二に、それが母の形見かどうか確めたいから一度見せて欲しい。第三に、形見だと判った場合は、一度あなたの手に渡ったことでもあるから一応相当の値で引取ることにしたい。

手紙を読んだ彼女は頗《すこぶ》る面白くなかった。ダイヤの指輪を呉《く》れるとき、到頭親爺《とうとうおやじ》を口説き落して金を出させた、とひどく嬉しそうな顔をしていたKが、嘘をついたとは思えない。そんな高価なプレゼントを、彼女は欲しくなかったが、貧乏世帯になったとき売るのさ、とKは面白そうな顔をした。現にその后、Kの父に会ったとき、それとなく礼を云ったら、首を振ってにこにこしたのもちゃんと憶えている。

そこで彼女は早速《さっそく》Kの姉の所に出掛けて行って、指輪を突附けた。Kの姉は指輪を丹念に見ていたが、よく判らないからもう一度専門家同伴のときに見せて欲しいと云った。帰途、彼女はこれは誰に相談したら良かろうかと首をひねって、Kの姉の家から遠くない所にあるA女学院に勤めているニシ・アズマを想い出した。そこで電話を掛けて、近くの街のレストランで会った。

——へえ、それであたしにどうしろって云うの？

——どうって、どうしたらいいかしら？

ニシ・アズマは叮嚀《ていねい》にその指輪を見た。

——あたし、厭なの、とスズキ・ケイコは云った。Kさんに頂いたものをあの姉さんに奪《と》られるのが厭なのよ。

——弱ったな、とニシ・アズマは云った。いいわ、兎も角、もう一度その専門家とか姉さんと会うとき、あたしも一緒に行ってみるわ。

と云う訳で、この日スズキ・ケイコが一時間の午睡をニシ・アズマに許さなかったのは、これからの会見が気になって予定より十五分も早く訪ねて来たからである。

話を再び屋根裏に戻そう。

——例の指輪持って来たでしょう？

——勿論。

スズキ・ケイコはハンド・バッグから大事そうに取出した。ケエスをぱちんと開いてニシ・アズマは何遍も眺め廻した。

——これ真物《ほんもの》でしょうね？

——真物よ、とスズキ・ケイコは口を尖らせた。気になったから本職に鑑定して貰ったの。

——高いんでしょうね、とニシ先生はがっかりした顔をした。あたしの月給どのくらい積むと買えるのかしら？

——さあ、とスズキ・ケイコは笑った。どのくらいかしら？

ニシ・アズマはダイヤを窓の明りに透かしてみたり、何のためか香を嗅いでみたりした。相手は腕時計を覗くと、そろそろ出掛ける時刻だと促した。二人は立上ると——無論、指輪は再び大切に蔵《しま》って——屋根裏を降りて行った。

——告げよ、われに懐《なつか》しの言《こと》の葉を……か。

ニシ・アズマが云った。

——なあに？
——Kさんってやさしかった？
——莫迦《ばか》ね。
——ハンサムだった？
——写真見せたじゃないの？

玄関を出るとき小使の婆さんに会った。婆さんは、ニシ・アズマが太い赤い縁のロイド眼鏡なんか掛けているのを見ると、狼狽《あわ》てて呼び留めて、その眼鏡を掛けると先生の器量が三分の一は割引されるから止めた方がいい、と毎度の忠告を繰返した。事実、美人とは云えぬが愛嬌のあるニシ・アズマの可愛い顔にその眼鏡は似合わなかったが、ニシ先生は一向に平気らしかった。

二人は新芽を吹いている街路樹の通を歩いて行って、街角の一軒の小さなレストランに這入った。レストランの半分は花屋になっていて、卓子越しに花が見えた。二人が行ったとき、まだ、先方は来ていなかった。

すると、急にニシ・アズマが大きな眼鏡をずり上げながら云い出した。
——じゃ、却《かえ》っていいわ、予定変更よ。あたし一番向うの隅に行って坐ってるわ。
——厭よ、独りで置いとかれるなんて。頼りにならないのね。
——大丈夫、向うから観察してる方がいいわ。

スズキ・ケイコも気乗薄ながら同意せぬ訳には行かなかった。ニシ・アズマが席を移して一分も経つと、四人ばかりの学生が這入って来た。更に、会社員らしいのが二人這入って来た。学生連中は、

——あんな眼鏡取りゃ、なかなかいけるぜ。

——教えてやんな。

とか、彼女の眼鏡に失礼千万な注釈を加えていた。彼女は大いに腹を立てて、鞄のなかの雑誌を引張り出した。一、二頁《ペエジ》、眼を走らせたとき、一人の和服の女性が一人の背広の男性と一緒に現れた。女の方は三十五、六歳らしく、細面のなかなかの美人であった。這入って来てスズキ・ケイコを認めると、ちょいと男を振向いてにこりと笑った。

——多分、と見ていたニシ・アズマは考えた。男のひとは、あんなのを色気があるって云うのね、莫迦莫迦しい。

何故、莫迦莫迦しいなんて余計なことを考えたのか、彼女にも判らなかったが、それはつまり、彼女がその女——Kの姉から受けた第一印象が芳《かんば》しくなかったことを意味するのは間違でなかった。連《つれ》の男は、余り風采の上らぬ四十男で、幾らか猫背気味であった。

——時計屋かしら?

と、ニシ・アズマは考えた。

その男はレストランのなかをきょろきょろ見廻すと、叮嚀にスズキ・ケイコにお辞儀して、

その筋向いに坐った。

——三人は何か話している……。

雑誌を読む振りをしながら、ニシ・アズマは考えた。何の話かしら？　やがて、スズキ・ケイコは些《いささ》か昂奮したらしい顔をしながらハンド・バッグをぱちんと開けて、例の指輪のケエスを取出した。しかし、直《す》ぐ渡しはしなかった。それを両手で持って、何か話していた。

——さあ、渡すぞ。

スズキ・ケイコはケエスごとKの姉に手渡した。

——綺麗な手だこと。

綺麗な手がケエスを開ける——そのとき、ニシ・アズマは不意にこんなことを想像した。もし、茲に強盗が現れて指輪を攫《さら》って逐電したとしたら……。しかし、そんな強盗は現れなかった。レコオドから、シャンソンが次つぎと小さな店のなかに流れていた。「枯葉」、「マドモワゼル・ド・パリ」、「ポルトガルの洗濯女」、「ラ・メエル」ｅｔｃ。

——三階の窓から海が見えるのはいいな、と彼女は考えた。でも、山が見えるのも悪くないんだけれど。……ケイコのKは自動車事故で死んだと云う。あたしのHも山で死ななかったら、あたしは毎日海より山を見ているんだけれど……。

Kの姉は、ダイヤの指輪をちょっと見ると、専門家に任すのが一番だ、と云う顔をして直ぐ猫背の男に渡した。男は、それを丹念に見た。

――でも、あんなことで判るのかしら？

男はそれから、立上って明るい窓の方に行って透かしてみたりした。彼女は雑誌を読む振りをしていても、うっかりすると真直ぐ男の方を見そうになった。この間、Kの姉は何やら微笑しながら、スズキ・ケイコと話していた。尤も、ケイコの方は、話よりダイヤの指輪が気になってならぬらしかった。

男は二分と経たぬ裡に席に戻った。

――綺麗に拭いて……ケエスに入れて……蓋をしてケイコに返したわ。さて、どうなるのかしら？

しかし、男が何か云うと、スズキ・ケイコは急に顔を硬《こわ》ばらせた。もう一度蓋を開くと指輪を見ながら、二人に何か云ったが、二人はもう相手にならぬらしかった。

――じゃ、矢《や》っ張《ば》りあたしの思い違いでしたわ。どうも失礼。

Kの姉がそう云うのが、はっきり聞えた。二人は立上ったが、スズキ・ケイコは立上らなかった。

――御免遊ばせ。

Kの姉は和服のくせに大股に歩いて店から出て行った。

猫背の男も、その後から出て行った。尤も、出る前に再び店のなかをきょろきょろ眺め廻した。ニシ・アズマは立上るとスズキ・ケイコの傍に行った。

——贋物だって云うのよ。

——ちょっと待って。

ニシ・アズマは眼鏡を外すと店を出た。二人は二十米《メエトル》ばかり先を並んで歩いていた。女が手を挙げてタクシイを止めた、そのとき二人は何か交換し合った。女がタクシイに乗込む。車は忽ち《たちま》走り去って、猫背の男は一人、街路樹の下を歩いて行った。

——あの男を尾《つ》けようかしら？

ニシ・アズマはちょっと考えて苦笑した。それから、レストランに引返した。

——莫迦ね、あたしが鑑定して貰ったひとは一流のひとよ。そのひとが真物だと云ったのに、あの男、贋物だって。でも、却って良かったわ。あれが真物だったら、返せなんて云われるんですものね。

——そうね。

と、ニシ・アズマは考え深そうに点頭《うなず》いた。

——多分、そうね。

——でも癪《しやく》に触ったのは、Kの姉さんが、そうね、どうせあの子には真物は買えませんものね、って云ったときよ。

——……。

——ね、どうしたの、何故、黙ってるの？

——いいこと、ニシ・アズマは云った。あたしが二人の後を追って出たでしょう？　そしたら、Kさんの姉さんの方は直ぐ車に乗ったわ。でもその前に二人で何か遣取《やりとり》したの。さあ、それが何だか……。

スズキ・ケイコは勘は余りいい方ではない。呆気に取られた顔をした。ニシ・アズマは相手を促して立上った。

——どうも、あなたのその指輪、贋物かもしれなくてよ。擦替《すりか》えられたんじゃないかしら？

スズキ・ケイコが跳上ったので、店中の客が彼女を見た。彼女はニシ・アズマの腕を摑むと店から引張り出した。

——タクシイに乗るのよ。

——どこ迄？

——Kの姉さんの家よ。

——でも万一真物だったら困るわね。じゃ、行先はあたしに任せること。

車のなかでスズキ・ケイコは昂奮して矢鱈《やたら》にお喋りした。ニシ・アズマは何やら考え深そうな顔をして余り口を利かなかったが、暫くしてこんなことを云い出した。

——Kさんの姉さんの手って綺麗ね。

——そうだった？　スズキ・ケイコは自分の指を伸して見た。

——碧《あお》い石の指輪を嵌《は》めてたわ。

十五分ばかりで、二人の乗った車は都心の繁華街にある一軒の大きな宝石商の店の前に停った。

——ここ、知ってるの？

——実を云うとね、あたしの教え子の家なの。だから、正直に教えて呉れるわ。

ニシ・アズマは勇しい足取でスズキ・ケイコの腕を抱えてなかに這入った。這入ると、心得顔に奥の方に進んで初老の男に挨拶した。スズキ・ケイコはぽかんとしていた。初老の男は

——それは主人らしかった——ニシ・アズマに叮嚀に会釈した。

——鑑定して頂きたいんですって。

——はあ、左様で、まあお掛けなさいまし。おい。

呼ばれて一人の男が近寄ると、主人はその男にスズキ・ケイコの出したケエスを渡した。男は、失礼、と云って消えてしまったが、二分と経たぬ裡に戻って来て主人に何か云った。

——なに、そんなことあるまい。どれ。

主人はケエスの蓋を開いたが、五秒と経たぬ裡に閉めてしまった。

——どうも……。

何もはっきり云わず、天辺の禿掛けた頭を下げたに過ぎなかった。しかし、女性二人にははっきりその意味が判った。スズキ・ケイコは悉皆《すっかり》意気銷沈の態《てい》で恨めしそうに主人を見ていた。

——学校もお忙しいんでございましょう？　どうも、出来ない娘でお手数掛けて……。

主人が話し出したとき、突然ニシ・アズマが遮った。

——ね、ちょっとこれ見て頂けなくて？

彼女は鞄を開くとなかからくしゃくしゃに畳んだハンカチを出した。ハンカチを開くとなかから、スズキ・ケイコの指輪にそっくりの奴が転がり出た。主人も驚いたがスズキ・ケイコの驚き方と云ったらなかった。

——どれ拝見しましょう。

主人はちょっと手に取ったが、今度は非常に念入りに見た。それからまた先刻の男を呼ぶとその指輪を渡した。男は立去って三分ばかりすると戻って来て、主人に何か云った。主人は笑顔でニシ・アズマに云った。

——大丈夫のようでございます。しかし、たいへんな保管法ですな。これがニシ先生でないととんだ宝石泥棒と信じ込みたい所ですが……。

——泥棒よ、とニシ・アズマは笑った。でも一時的のね。さあ、スズキさんどうしたの？これ、あなたの指輪よ。

賢明なる読者には既にお判りのことでもあろうから余計なことは申上げぬことにしよう。ただ、ニシ・アズマが后《あと》でスズキ・ケイコに洩らした言葉を茲に若干再録するに止めよう。それに依ると、最初に話を聞いたとき、彼女は或る疑問を持ったと云うのである。

——無論、あたしはあなたのKさんの姉さんってどんなひとか知らないし、何にも判んないのよ。でも、あなたのお話聴いてたら、何だか変なひとだなって気がして来たの。お母さんの形見だって云うのも嘘だとは決められないけど、Kさんがお父さんを口説き落して買って貰ったって云うあなたのお話の方が本当らしい気がしたの。いいえ、本当と思うことにしたのよ。

——とすると、何故いま頃そんな話を持出したのかしら？　あたし、あなたが最初に指輪を見せて呉れたとき、少し上手くやればあたしにだって擦替えられる気がしたわ。そして、ふっと気が附いたのよ。擦替えるんじゃないかしらって……。もしKさんの姉さんが擦替える心算なら、当然、贋物を用意するでしょう？　だから、そのときは此方《こちら》も初めから贋物にして置けば五分五分って云うもんよ。

——真物だから引取りたい、なんて云ったとすると贋物を真物と間違える向うが悪いのよ。何しろ専門家を引張って来て間違えるって云うんじゃお話にならないわ。だから、そんなことは先《ま》ずありっこないと思っていいでしょう？　相当の値で引取るなんて、そんなことする訳が無くてよ。もう一つ、仮に本当に形見のダイヤの指輪があったとして、あなたの手に渡っていた場合……贋物を見たら、きっと、どうして贋物に変ったのかしらって不思議がる筈じゃないかしら？　不思議がるどころか、あなたの道徳心を云云《うんぬん》するかもしれなくてよ。そうなると先方の話が嘘でないって判るから、そのときは此方も態度を変えて……つまり、仕方が無いから、見物人のあたしが出て行って何とか頭を下げなくちゃなんて思ってたんだけど……。

——でも、あたしはそんなことにはならないって思ってたわ。最初から先方の話が罠みたいな気がしてたの。だから、あなたの指輪をよく見て置いてから、例のお店の主人に頼み込んであれとそっくりのイミテイションを貸して貰ったのよ。

スズキ・ケイコが訊ねた。

——でも、いつ、あたしの指輪をそのイミテイションと擦替えたの？

——あら、学校の三階でよ、決ってるじゃないの。あたし、上手くやったでしょう？

——ほんと、驚いたわ。

と云う次第で指輪は恙無《つつがな》くスズキ・ケイコの手に戻った。しかし、こう云うことは考えられぬか？ つまり、先方の二人が簡単にイミテイションと見破ってしまったのではないか？ と。ところが、ニシ・アズマはその贋物に主人に頼んで肉眼で判らぬくらいの目印を附けて貰って置いたのである。スズキ・ケイコが猫背の男に返して貰った奴には、同じイミテイションでもどこにも目印が無かった。のみならず、同じイミテイションでも先方の品の方が、ニシ・アズマが借りたものより少しばかり上等だったと云うから、気の毒ながらKの姉も一向に得したことにはならなかった。

それから半年ばかりした或る秋の夕暮、ニシ・アズマはインド鶯先生と音楽会に行くために学校を出た。まだ時間が早かったから、二人はぶらぶら歩いていた。町にはもうあちこちに灯が点り、青い夕靄《ゆうもや》がかかっていた。やがて二人はバスに乗る近路をとって裏町を歩いて行った。するとー軒の店がニシ・アズマの眼を惹いた。

それは小さな時計屋であった。と云うよりは、みすぼらしい時計屋と云った方が良かった。彼女は黙ってその店の奥にいる主人を見た。片眼に覗眼鏡を嵌込んで時計を覗込んでいる猫背の男を。店の前には五つぐらいの女の子がしょんぼり立っていた。

——どうしたの？

インド鶯先生が訊ねた。

——いいえ、何でもないの。ちょっと珍しい時計があったから……。

——あら、見ましょうよ。

——珍しいと思ったら、そうでもなかったのよ。

二人は夕暮の往来を歩いて行った。ニシ・アズマは直ぐ猫背の男を忘れてしまった。

眼鏡

A女学院院長タナカ女史は、ソウセイジのように丸い手足を持つ丸まっちい婆さんであった。言語動作は頗る勇しかった。A女学院の運動会のとき、余興のパン食い競争に出場して見事一等賞を獲得したことを見ても、タナカ女史が相当活潑な婆さんであることが容易に首肯出来よう。始業のベルが鳴っても愚図愚図している生徒を見掛けたりすると、タナカ女史は大声で叫んだ。

——駈足進め、おいっちに。おいっちに。

そのとき、タナカ女史は自分から駈出さんばかりに手を振り足踏をしていた。尤も、丸まっちいタナカ女史が走る所は、ゴムマリが転って行くみたいで、なかなか面白い観物であるが——また、事実、このタナカ女史をゴムマリなんてひそかに呼ぶ失礼な者もいない訳では無かったが、タナカ女史は学校内でも学校外でも評判は悪くなかった。

タナカ女史はかねてから、女性は家事万端を心得ていなければならぬと云う持論を持っていた。第一に、秀れた料理人たることが、賢明なる家庭婦人の資格として欠くべからざるものと考えていた。尤も、賢明なるタナカ女史は、A女学院を料理学校にする心算は毛頭無かったから、そんな持論も生徒の前では公表しなかった。しかし、教師連中は——無論、女性の先生達であるが——タナカ女史の持論をちょいちょい拝聴せねばならなかった。そればかりか、ちょいちょい質問を受けねばならなかった。

——ちょっと、ヨシオカ先生、あんたは昨夜、何を召上ったの？　こないだは出来合のコロッケで間に合せたなんて仰言《おつしや》ってたけど……。

——はあ……。あのう……。

——あのう、何です？　また出来合？　駄目ね。そんな料簡じゃ。ほんのちょっとした工夫と手間ですよ。それを惜しまないことよ。あんたの御主人は何にも苦情を仰言らなくて？

——はあ、とヨシオカ先生は云った。主人は何でも喜んで頂きますの。

——おやおや、とタナカ女史は嘆かわしそうな顔をした。お気の毒にね。

A女学院の先生連中は、タナカ女史もいいひとだけれど、他人の食べたものをいちいち詮索するお節介な癖さえ無ければもっといいひとなのに、と思っていた。しかし、誰も敢《あえ》てタナカ女史に向って、

——じゃ、院長先生は……？

と問い掛ける者は無かった。何しろ、料理自慢のタナカ女史は寧《むし》ろそう訊ねられるのを待っているのだから、たっぷり一時間に亙って料理の自慢話を聞かされねばならなかったから。だ

から、料理の話になると、みんな謹《つつし》んで聴くことにしていて、滅多《めった》に口出しはしなかった。

尤も一度、教師達がタナカ女史に異議を唱えたことがある。タナカ女史は話をするとき、有名な文人の警句なぞを引用する癖があった。或るとき、女性にとって良き料理人たることが如何《い》に大切か《か》、を強調するの余り、彼女はイギリスの文人ジョンソン博士の言を引用した。曰《いわ》く、

——男は概して、細君がギリシャ語なんか喋るより、食卓に美味《うま》い料理が並ぶ方が嬉しいものなのだ。

と。ところが、これを聞いた先生連中は、それは男性中心の考え方であり、女性を軽蔑するも甚だしいものだ、と抗議したのである。殊に英語の先生連中は、それでは女は英語なんか勉強しないで料理ばかりしたらいいのか、となかなか強硬であった。これには、タナカ女史も大いに面喰ったらしかった。そんな抗議が出るとは夢にも思わなかったらしい。しかし、賢明なるタナカ女史ともなると、そんなことで尻尾を巻く訳が無い。彼女は先ず、ジョオジ・エリオットの言葉を引用して先生連中を煙に巻いた。曰く、

——私（これはエリオットである）は女が莫迦であることを否定しません。全能の神様は女を男に似つかわしく造られたのです。

と。先ずこの言葉で、タナカ女史は自分は男も女と同じ莫迦であると思っている旨の男女平等論を展開した。更に、ジョンソン博士の言葉は確かに女性を蔑《ないがしろ》にするものだ、それは前から自分もそう思っていたのだ、と力説して一同を啞然たらしめた。

——しかしですよ、これはつまり、ギリシャ語なんか喋る女性は、得てして家事を疎《おろそ》かにすると云うことを戒めたんです。あんた方、大体、昨夜何を召上りました？　返事が無い。ギリシャ語も出来れば料理も上手い。それがつまり肝腎なのよ。英語も出来れば料理の腕も中分無い、これがつまり私の云いたい所なんです。私はかねてから……。

聞いていた連中はがっかりしてしまった。折角の抗議も一向に実を結ばなかった。だから、料理の話が始ると、みんな専《もっぱ》らその話を謹聴する恰好をしながら、全く別のことを考えたりしていた。例えば、二、三週間前に観た映画の筋だとか、月賦で買った洋服簞笥の払いのことだとか、屋根裏のベッドで午睡したい、とか。

しかし、タナカ女史に招待されると、誰もそれを断る者は無かった。タナカ女史は話ばかりでなく、自慢の腕前のほどを示すために先生連中を交替で自宅に招ぶことにしていた。このときは多少の講釈さえ我慢すれば、間違無く美味い料理に舌鼓《したつづみ》が打てることになっていたのである。

タナカ女史の家は、山の手の多少高台になった所に建っている。大きくは無いが、なかなか瀟洒な住宅と云って良かった。口の悪い連中に云わせると、ゴムマリみたいなタナカ女史とその住居は一向に釣合が取れぬと云うことになった。

ところで、その日、タナカ女史の瀟洒な住居のヴェランダに四人の女性が卓子を囲んで坐っていた。一人はよく脹《ふく》らんだ丸まっちい婆さんで、申す迄も無くこの家の女主人タナカ女史に他ならない。一人は、齢の頃はタナカ女史と同じぐらいだが、身体の方は痩せてキリギリスみたいな婆さんであった。彼女はタナカ女史の近所に住むナカダ女史で、夫と二人で歯医者を開業していた。残りの二人は何《いず》れもA女学院の先生で、例に依ってタナカ女史の料理のお手並を拝見にやって来ていた。一人は大柄な色の黒い三十ちょっとの女性で、彼女が笑うと、美しいソプラノを響かせた。もう一人は小柄な愛嬌のある顔をした若い女性であるが、ブラウスの胸のポケットから大きな眼鏡を覗かせているのは何とも合点が行かなかった。

四人の坐っているヴェランダの先は、芝生の庭が傾斜をなして下っていて塀で終っていた。塀の外は道になっていたが、通る人は殆《ほとん》ど無かった。道の先にはかなり広い空地があって、タナカ女史の説明に依ると、それは或る大会社の所有地で、遠からずその空地に社員アパアトが建つらしかった。

——そうなると、このヴェランダからの眺めも随分賑かになってよ。

空地の先は小高く盛り上った丘のようになっていて、一面雑草に覆われ、あちこちに赤土の地肌を覗かせているが、その頂上にコンクリイトの灰色の建物が建っていた。病院だったのが戦災でやられて、未だに放置された儘になっていて、廃墟のように見える。三階建のその建物の窓は、無論、硝子《ガラス》なぞ一枚も無く、虚ろな穴が並んでいるに過ぎなかった。各階に一つずつ、一際大きな穴が開いていて、階段が見えた。恐らく、嘗てはそこに扉が附いていて、外には露台でもあったのだろうが、いまは何も無い。外から筒抜になっていた。

……子供なんかよく上ってるけど、見ててはらはらするわ。でも、あの屋上に上ると眺めはいいのよ。

——じゃ、あなたも上ってみたのね？

キリギリス女史が驚いた顔をした。

——ええ、ちょいちょい、とタナカ・ゴムマリ女史は澄して云った。いい運動になるわよ。

建物を背に坐っているナカダ女史は振向いて灰色の建物を眺めた。好く晴れた五月の一日だったが、その建物は何となく陰気臭かった。

——でも、気味が悪くなくて？

——どういたしまして、とタナカ女史は笑った。こないだ上ったときはぽかぽかした好いお天気で、屋上で午睡でもしたかったぐらいよ。

すると色の黒い大柄な先生は、向き合って坐っている小柄な先生と顔を見合せてちょっと笑った。午睡、と云うことに何か意味があるように。或は、ゴムマリを余り陽向《ひなた》に置くとパンクするとでも云うように。

タナカ女史が得意の料理に取掛るにはまだ時間が早かった。本来なら、もう一人先生が招ばれて来る筈になっていたが、急用で来られなくなったので、替りに歯医者のナカダ女史が電話で呼ばれて来たのである。トランプをやるのに人数が不足と云う訳だったが、やって来たキリギリス女史は、トラムプの遊び方を一つも知らなかった。仕方が無いから、三人はナカダ女史に教えながら、簡単な「七並べ」を始めた。ところが、始めて見ると、ナカダ女史は悉皆「七並べ」が気に入って、他のゲエムをやろうとしても一向に承知しなかった。

カアドが配られる度に、色の黒い先生と小柄な先生は頻《しき》りに、手が悪い、とこぼした。すると、タナカ女史は日頃の癖を出してこう云った。

——スイフトが云っているわ、いい手が来る迄はカアドの切り方が悪いと文句を云わねばならない、って。

——誰？　とナカダ女史が訊いた。スイフトって？

——ガリヴァ旅行記の作者よ。

——ああ、あのお伽話書いたひと？

——お伽話じゃありませんよ。あれは……あら。

このときタナカ女史が驚いた声を出したので、三人共タナカ女史の視線を追った。それは空地を廃墟の方に歩いて行く二人の男女の後姿であった。男は背広を着ていた。女は真紅のハアフコオトを羽織っていた。二人はぴったり寄添って歩いていた。とは云え、別に不思議な眺めでもない。

——どうしたの？

——呆れた。いいえ、あの二人、その道を来て空地へ這入る所で頬っぺたをくっつけ合ったのよ。

——まあ、厚顔《あつかま》しいわね。

キリギリス女史は如何にも怪《け》しからんと云う顔をした。あとの二人はくすくす笑っていた。

再びゲエムは始められ、スイフトも二人連も暫くは忘れられてしまったが、

——あの二人、此方《こっち》見てるわ。

タナカ女史がそう云ったので、三人は灰色の建物の方を見た。

灰色の建物の大きな穴——つまり、階段の上の所に二人は並んで立っていた。多分、このヴエランダを見ているのかもしれなかった。しかし、三人が振向くと直ぐ二人の男女は三階へ通ずる階段を上り始めた。

——何しに上って行くのかしら？　とナカダ女史が云った。でも仲が好さそうね。

——お午睡しに行くのかもしれませんわ。

と、色の黒い先生が云った。云ってから急に下を向いて赧《あか》くなったが、正確には煉瓦《れんが》色になったと云った方がいい。すると、タナカ女史が頓狂な声で叫んだ。

——判ったわ、そうそう。

一同吃驚したが、その原因は直ぐ判った。タナカ女史は最初道を歩いて来る男を見たとき、

——他の三人は後姿しか知らない——どこかで見た顔だと思ったが想い出せなかったが、いまの言葉で想い出した。つまり、タナカ女史が屋上に上って午睡でもしたい気分になったときに、

矢張り屋上にいてあちこち眺めていた男だ、と。

——じゃ、とナカダ女史が云った。今日は邪魔者のお婆さんがいないから、あの二人には却って好都合って云うものね。

——どういたしまして、とタナカ女史は云った。ちゃんと茲で見張ってるわよ。

事実、灰色の建物と正面に向い合ったタナカ女史は、遠くの二人連を見張っていたのかもしれない。二人が屋上で接吻し合ったとき——或は接吻し合ったように見えたときには、

——あら、あら。

と叫んで簡単にゲエムの進行を妨げてしまった。この接吻の光景には、四人共悉皆面喰ってしまって、何やら、ひどく曖昧な顔をして見ていた。

——あたし達が茲にいるのを知ってて、失礼ね。

ナカダ女史は不満を洩らした。

——でも、と色の黒い先生が云った。パリなんかじゃ人前でも平気でキスしますわね。

——おや、とナカダ女史は驚いた顔をした。あなた、パリにいらしたんですの？

——いいえ、と色の黒い先生は大いに間誤《まご》附《つ》いた。話に聞いたんですの。

ところで、ゲエムの方は、小柄な若い先生は一向に芽が出ないらしく、大抵、真先に手詰りになって投出してしまった。投出すと、所在無い儘、灰色の建物の方を眺めたりしていた。

——もう帰るらしいわ。

と、彼女は独言《ひとりごと》のように云った。事実、屋上に十分ばかりいた二人は引返すらしかった。しかし、今度は二人一緒ではなかった。女はまだ屋上にいるのに、男の方が一人で先に威勢良く降りて来るのが見えた。二階迄降りて来ると、男は階段の上の片隅に蹲踞《しゃが》み込んだ。

——どうしたのかしら？

——あんまり気にしないことよ、タナカ女史が窘《たしな》めた。あんたは若いんだから眼の毒よ。

小柄な先生は首をすくめて笑った。

蹲踞み込んだ男は直ぐ立上った。靴の紐でも結び直したらしい、具合でも試すように足踏したが、まだ旨《うま》くないらしい。再び蹲踞み込んだ。今度は反対側の片隅に。小柄な若い先生は前よりも熱心に灰色の建物の方を眺め続けた。男は今度も直ぐ立上った。二、三度、足踏すると、今度は旨い具合らしく、その儘威勢良く階段を降りた。と思うと、彼の姿は忽ち灰色の建物の外に現れた。そして、女を待つらしく建物を振返り、烟草に火を点《つ》けた。

——どうして、先に降りたのかしら？

この独言を聞いて、ナカダ女史がくるりと首を廻した。

——あら、ほんと。さっきはあんなにぴったりくっついてたくせに。

——それにしても、とタナカ女史が云った。あの女のひとときたら、また莫迦にゆっくり降りて来るじゃないの。

実際、真紅のコオトを羽織った女は、漸《ようや》く三階から二階への階段の踊場を廻って姿を現し、一足一足降りて来るのが見えた。それは見ていて、焦立たしいほどの足取と云って良かった。ナカダ女史の解釈に依ると、二人は屋上で仲違《なかたがい》して女の方が拗《す》ねていることになった。或はそうかもしれない。四人はちょっとトラムプはそっちのけで、女の降りて来るのを見ていたが、小柄な先生を除く三人は、また、ゲエムに戻った。小柄な先生は、しかし、灰色の建物を見ていた。

女は二階に降りると、大きな穴から外を見て何か云ったらしかった。外の男が何か叫んで手を振るのが見えた。女は二階から一階へ通ずる階段を降りて行った。降りて行った——しかし、事実はそうでなかった。女は二階から降りようとして、不意に何か妙な踊でも踊るような恰好をした。恰好をしたと思ったら、階段の上から彼女は一瞬の間に消えてしまったのである。

——……？

トラムプの三人は顔を上げた。小柄な先生が立上っていた。

——早く行かなくちゃ不可《いけ》ないわ、と彼女は云った。階段から落ちたらしいんですの。

——落ちた？　とタナカ女史は勇しく立上った。そりゃ、たいへん。お医者さん、呼ばなくちゃ。それ迄、ナカダさん、あんただって医者と名が附くんだから、何とかなるでしょう？

タナカ女史は女中に医者を呼ぶように吩附《いいつ》けた。そのタナカ女史に、小柄な先生は何か耳打した。タナカ女史はひどく面喰った顔をしたが、これも女中に何か耳打した。それから四人は庭の先の塀の小さな戸口から、灰色の建物目掛けて走って行った。

四人が丘を登り始めたとき、二階の階段の所の大きな穴に男が姿を現した。男は丘を登って来る四人を見ると、

——早く来て呉れ、たいへんだ。

と、叫んで直ぐ姿を消した。

一階から二階への階段の途中の踊場に、真紅のコオトを羽織った女がだらし無く横たわっていた。傍に小さな血溜を作って。大きく眼を剝《む》いて。女は、四人が想像していたよりも迥《はる》かに齢を取っていた。濃く化粧しているものの、また、真紅のコオトにも拘《かかわ》らず、もう四十近いのではないかと思われた。

——どうしたの、一体？

タナカ女史は男に訊ねていた。ナカダ女史は女の身体に身を屈めた。彼女は間も無く立上ると、首を振った。もう駄目だとでも云う心算らしかった。

小柄な先生は色の黒い先生に、気分が悪くなったから屋上へ行ってみないか、と提案した。二人は話し合っている三人を後に屋上に上って行った。

——あの男、まだ若いのね。それにちょっとハンサムじゃなくて？

小柄な先生が云った。

——何云うの？　莫迦ね。

——それに較べると女の方は、齢取ってるし、それにあんまり美人とは云えないわね。

——蓼喰《たでく》う虫も好き好きよ。

屋上は風があったが、眺めは悪くは無かった。遠く低い連山が見えた。すると、警笛が鳴って、一台の車が道から空地へ乗入れるのが見えた。青い車で、車からは鞄を抱えた医者らしい中年男が降りて来た。二人は屋上から医者に声を掛けると階下へ降りて行った。

二人が降りて行くと殆ど同時ぐらいに、医者が上って来た。医者は女の傍に身を屈めた。みんな、それを見ていた。みんな——しかし、若い小柄な先生は別のものを見ていた。女の頭の先方に転っている眼鏡を。玉は粉粉に砕けて、柄の折れた眼鏡を。彼女は独言のように云った。

——変ね、眼鏡があるわ。

——このひとは、と男が教えるように云った。ひどい近眼だったんです。

——だから、変だと思うの。

男は妙な顔をして彼女を見た。男ばかりじゃない、他の三人の女性も妙な顔をした。するとそのとき、喧《やかま》しいサイレンの音が聞えた。サイレンの音は近くで歇《や》んだ。空地の辺りで。タナカ女史は若い先生を振向いた。

——あら、ほんとに来ちゃったわ、あんた、大丈夫なの？

しかし、丸まっちい彼女はころころと入口の方に階段を駈降りて行くと、やがて二人の警官を伴って姿を現した。警官に医者が云った。

——どうも即死らしいですな。あの上から落ちたらしいんだが……。

警官は女を眺め、続いて一同を見渡した。まだ納得が行かぬらしかった。男とタナカ女史とナカダ女史が、警官に状況を説明した。聞いていた警官が何か云おうとしたとき、いつの間にか顔に似合わぬ大きな眼鏡を掛けた小柄な先生が口を出した。

——あたし、何故この女のひとが二階から落ちたか判る気がしますわ。

警官は無論、他の連中もちょいと面喰って彼女を見た。警官の一人が訊ねた。

——何故ですか？

——何故って、お巡りさん、御自分で確めて御覧になるといいわ、下から上迄の階段で、降り口に細工の出来るのは二階だけなんですもの。

——それはどう云う意味ですか？　と警官が云った。細工って……？

男は黙って彼女を見ていた。両手をズボンのポケットに突込んで。

——よく判りませんわ、と彼女は愛嬌のある顔をして云った。でも多分そうだろうと思うの。多分、警官の車が来る筈じゃなかったし、多分こんな話になるなんて思ってもみなかったろうし……だから、多分まだその細工に用いた品は直ぐ手近にあると思うんですの。多分、何か紐みたいなものがそのひとのポケットかどこかに入って……。

そのひと、と云われた男は突然階段を降りて行こうとしたが、色の黒い先生がその上衣を摑まえた。警官が素早く両脇から男を抱留めた。男は不貞腐《ふてくさ》れた顔をして云った。

——出鱈目《でたらめ》も好い加減にするがいいや。莫迦莫迦しくて聞いていられないよ。

——どんなものかな？

警官の一人が、男のズボンの右のポケットから、ナイロンの透明な二つに千切れた紐を引張り出した。見ていた連中は呆気に取られた。ナカダ女史は、まるで手品みたいだと云ったが、タナカ女史は、手品じゃない、千里眼だと訂正した。

——二階の階段の降り口を御覧になるといいわ、と若い先生は云った。コンクリイトが壊れていて右と左に鉄の棒が顔を出してるの。紐を結び附けるにはもってこいじゃないかしら？

——成程、と警官は些かこの小柄な先生に敬意を表したらしい顔で云った。しかし、こんな紐じゃ、直ぐ眼に附きますね。誰だって、これに引掛るなんて云うことは……。

——誰だって？　そうかしら？　でも強度の近視眼で、おまけに眼鏡を取上げられて掛けていなかったとしたら、どうかしら？　男のひとって女に眼鏡が無い方が美人だなんてよく云うんじゃないかしら？

——あなたの場合はまさに然りですな、と医者が云った。そんなみっともない眼鏡は取った方が宜《よろ》しい。どうも見たところ、素通しらしいですな。

すると、警官に腕を取られている男が、嘲笑するらしく云った。

——ちぇっ。あの女は眼鏡を掛けていたんだぜ。眼鏡が割れてるのが見えないのかい？

——あたしが変だなと思ったのはそこなの、と彼女は笑った。強度の近視眼だって、眼鏡を掛けていたら、あんなにのろのろ、一足一足階段を降りやしないわ。ね、院長先生もヨシオカ先生も御覧になったでしょう？　眼鏡を掛けていたら、あの降り口は明るいんですもの、こんな紐ぐらい眼に附く筈じゃないかしら？　だから、あの女のひとは降りるときは眼鏡を掛けていなかったの。だから、あそこに壊れている眼鏡は、眼鏡を取上げたひとが后から叩き附けて置いたのよ。それに助けを呼ぶなら外へ走り出て来るのが当前《あたりまえ》だと思うんだけど、二階から、早く来て呉れ、なんて叫んだのは、この紐を外しに上って、あたし達を見附けたからそう叫んだ迄じゃないのかしら？　多分、そうよ、あたしにはよく判らないけれど……。

口をぽかんと開けていたタナカ女史が、急に両手をぱちんと打鳴らしたので、ナカダ女史は思わず跳上った。

——まあ、よく出来たこと、とタナカ女史は云った。今日は特別にもう一品、料理の数を増やしましょう。あんたは、あんたが屋根裏で午睡することを私が知らないと思ってるんでしょうが、ちゃんと知ってるのよ。でも、今日の事件に免じて今后大目に見ましょう。

——あら、と若い先生は吃驚仰天した。御存知でしたの？

警官は咳払《せきばらい》をして云った。

——一体、あなた方はどう云う訳で茲に来られたんですか？

——紹介させて頂きましょう、とタナカ女史が云った。この若く可愛らしい女性は、私の学校、A女学院、御存知でしょう？　私の学校の英語の先生のニシさん、ニシ・アズマさんです。今日は私の料理の……。

しかし、そのとき、ニシ・アズマは色の黒いヨシオカ先生、即ちインド鶯先生と二人で灰色の建物の外に出て行った。ニシ・アズマは、少しばかり憂鬱な顔をしていた。

——あたしの午睡を知ってるなんて……。

インド鶯先生は低い綺麗な声で何か口誦《くちずさ》んでいた。何か——それは「夕空晴れて」のメロディらしかった。

黒いハンカチ

Ａ女学院の正門から玄関迄は、樹立をあしらった芝生の庭になっていた。芝生には季節の草花が咲いて、クリイム色の壁と赤い屋根を持つ校舎を前に、如何にも女学校らしい風情を呈していた。運動場は校舎の裏手の方にあって、休憩時間ともなると甚だ賑かになるが、なかには、この芝生に寝転んで白雲を眺めたり、仲の好い友人と何やらひそひそ囁き合いながら芝生の間の小径に足を運んだりする者もあった。

五月の好く晴れた或る日の午前、この庭には誰もいなかった。誰もいなかった――と云うのは授業時間だったからである。現に、音楽室からは「菩提樹」を合唱する声が聞えて来た。裏手の運動場でバスケットボオルをやっている連中からは、賑かな喚声が湧いていた。或る教室では英語のテキストを読む声が聞えた。或る教室では――そもそも原子爆弾なるものは、と云う話が進行していた。

また、或る教室は莫迦に静まり返っていて、ペンの走る音と溜息ぐらいしか聞えなかった。一体、何事なのか？　試みに覗いてみると、そこでは試験をやっていて、教壇には、小柄で愛嬌のある顔をした若い先生が、折角の愛嬌のある顔に鹿爪らしい表情を浮べて何かの本を黙読しながら、ときおり、生徒達に眼を走らせる。それから、手に持った鉛筆で本に何か書込んだりしていた。無論、生徒を監督しながら、読書しているのだ、と誰でも考えるに相違無い。書込みをするほど大切な読書なのかもしれない。

しかし、更に仔細に見ると、その先生の拡げているのは英語のクロスワアド・パズルを集めた本で、先生は専らその解答に熱中しているのが判明するだろう。生徒達に眼を走らせるのも、だから、監視のためと云うよりは、寧ろ自分の秘密の愉しみを感附かれぬための用心だと云った方がいいかもしれない。

この先生がその二人に気附いたのは、幾つかの有利な条件があったからである。先ず第一に、前にも申上げたように庭には誰もいなかった。第二に、その先生のいた教場は階下にあって、窓から正門迄見通せる位置にあった。第三に、先生は甚だ難しい問題に打《ぶ》つかって少しばかり気分転換でもしたい気分になっていた。第四に――いや、こんなことを数え立てるのは止めて、その先生、即ちニシ・アズマの見た二人に触れることにしよう。

――扉を開くために用いられた合言葉に出て来る植物。

――sesame（ゴマ）

この辺は良かったが、

――家畜を追うために用いられる尖った棒。

と云う奴がどうしても想い出せなかった。どこかでお眼に掛った単語だと思うが出て来ない。そこで庭の方に眼をやったとき、その二人を見たのである。

そのとき、その二人は正門から玄関に向って、芝生の間に出来ている白い砂利を敷いた路を何か話し合いながら歩いて来る所であった。ニシ・アズマはその二人を格別注意して見た訳では無かった。――家畜を追うために用いられる尖った棒、を考えながら二人を漫然と見ていたに過ぎなかった。庭には他に誰もいないから、当然、その二人に視線が向けられたとしても不思議ではない。

一人は中背の青い背広を着た若い男で、頭はポマアドでよく光っていた。茶色の靴を穿《は》いて、片腕には皮の矢張り茶色の鞄を抱えていた。もう一人は三十年輩の女で、男と同じぐらい背が高かった。白いブラウスに黒いスラックスを穿いて、黒い踵《かかと》の低い靴を穿いていた。

――ズボンなんて穿かない方がいいのに、とニシ・アズマは余計なことを考えた。あのひとなら脚の恰好も悪くなさそうだもの。

女は片手に小型のボストン・バッグを提《さ》げていた。

学校にはいろんな人がやって来る。教材の見本を持って来るのが一番多いが、生命保険の勧誘員も来れば、月賦販売の宣伝係もやって来る。だから、この二人が現れたとしても別に怪しむに足りない。ただ、ニシ・アズマの気附いたことは、この二人の裡女の方がどうも上役らしいと云うことである。二人は話し合いながら歩いて来るのだが、男の方は何だか畏《かしこま》ったような恰好で、ときどき愛想笑みたいなものを浮べて点頭いたりしていた。

——何者かしら？

彼女はこの二人の正体にちょいと興味を持った。若い男は、月賦販売の宣伝係らしく思われた。すると、女の方はその上役と云うことになるが、見たところ保険の勧誘員らしくも思われる。ニシ・アズマは教壇の椅子に坐っているのに飽きたから、クロスワアド・パズルの本を机に載せると、立上って窓の方へ歩いて行った。そのとき、二人はちょうど玄関の所に辿り着いた。彼女は開いた窓に両手を突いて爽かな五月の風を受けながら、庭を眺めた。庭を——しかし、彼女の視線には二人の姿が入っていた。

玄関にやって来た二人は、何か会釈し合ったと思うと、女の方が玄関のなかに姿を消してしまった。男は玄関の所に独りで立っていた。彼女が男の方を見ると、彼女と視線のあった若い男は、ぴょこんとお辞儀をした。そこでニシ・アズマも狼狽ててお辞儀を返した。二分と経たぬ裡に、女が引返して来て、二人は連立って玄関から建物のなかに這入ってしまった。

そのとき、女の云った言葉が些かニシ・アズマの関心を惹いた。引返して来た女は、男にこう云ったのである。

——お這入んなさいな。お待遠《まちどお》さま。

——お這入んなさいな、なんて変だわ。

とニシ・アズマは考えた。まるで自分の家にでも招じ入れるみたい。……でも、あの痩せた若い男は、何かに似ている。何だろう？

彼女は窓辺に立って一分ばかり考えた。その結果、若い男が山羊《やぎ》に似ていたのに気が附いた。山羊、英語で云うとゴオト、ゴオト、ゴオト……。

——ああ。

ニシ・アズマは思わず小さな叫声をあげた。答案作製に余念の無い生徒達は、先生の突然の叫声に大いに面喰ったらしかった。しかし、生徒達が驚いてニシ先生を見たとき、先生は少しばかり赧い顔はしていたものの、既に鹿爪らしい顔をして教壇の椅子に坐る所であった。

教壇に坐った彼女は、徐にクロスワアド・パズルの本を取上げると、家畜を追うために用いられる尖った棒、の空白をゴオド、ＧＯＡＤの四字で埋めて重荷を降したような顔をした。あの山羊さんが来たので、と彼女は考えた。やっと想い出せたわ。

彼女は腕時計を覗くと云った。

——あと、二十分ばかり。出来たひとは出しても良くてよ。

しかし誰も出さなかった。五分ばかりすると、彼女は廊下を誰か歩いて来る足音を聞いた。廊下に面した窓も開けてあった。その窓の外を、一人の女が通り過ぎた。一人の女——それは先刻見掛けた二人連の片方であった。女は窓越しに、ちょっとニシ・アズマと視線を合せた。

玄関を這入って直ぐ右側に、事務室があって、その隣が応接室になっている。二人は多分、そこに這入っているのだろう。そして女は、多分、手洗に行くので出て来たのだろう。廊下を少し行った所に洗面所があった。事実、三分もすると、女は引返して来た。応接室の方に戻って行きながら、再びニシ・アズマの方を見た。黒いハンカチで軽く額を叩きながら。

——あと五分よ。

ニシ・アズマがそう告げたとき、教場にはもう半分ぐらいしか生徒が残っていなかった。他の早目に切上げたクラスの生徒が、廊下を通って行った。しかし、院長のタナカ女史の躾が宜しきを得ているせいか、授業中の教室を覗込んだり、どたばた大きな足音を立てる者はいなかった。

ニシ・アズマはぶらぶら机の間を歩いていた。すると、再び例の女が通り過ぎるのが見えた。女は片手に小型のボストン・バッグを提げていた。

——もう帰るのかしら？

女は速足に廊下を通り過ぎた。帰るのに、その廊下を通るのは怪訝《おか》しかった。玄関とは逆になるから。彼女は何気無く廊下の窓の近くに行って、女の後姿を見た。女は洗面所に這入って行った。すると、先刻は手洗に行ったのではなかったのかしら？　ニシ・アズマは多少滑稽な気持がした。しかし、洗面所にボストン・バッグを抱いて這入るとは、ちょいと妙な気がしないでもない。

ベルが鳴ると、あちこちから一斉に賑かな喚声や物音が湧き起った。ニシ・アズマは提出させた答案を揃え終ると、教場を出た。出て三、四歩歩いた所で、色の黒いヨシオカ先生に肩を叩かれた。

——今度はお午睡？

ヨシオカ先生は笑った。ニシ・アズマの次の時間が空いているのを知って訊いたのである。

——真逆。まだ早過ぎるわ。でも、睡《ねむ》いわね。

怠者《なまけもの》め！

二人は二階の教員室へ行くために中央の階段を上り掛けたが、ニシ・アズマは足を停めた。一人の男が中央口から裏手の運動場の方へ出て行くのを認めて。男はベレエ帽を被り眼鏡を掛けていた。ホオム・スパンの上衣を着て、小脇に丸い風呂敷包を抱いていた。学校にはいろんな人がやって来る。さしずめ、この男なぞは教材の売込みに来たのかもしれない。しかし、ニシ・アズマはその男を見ると、ヨシオカ先生を引張って、階段を降りた。

——どうしたの？

——ね、あのひと、裏門の方に行くわね。裏門から帰る心算らしいわ。

——そうかしら？

——裏門は放課時間迄閉っていて、開かないのを知らないらしいわね。教えた方がいいわ。

——閉っていたら戻って来て、正門から帰るわよ。

インド鶯のヨシオカ先生は、博愛の精神に乏しいのかもしれなかった。そのベレエ帽の男は、生徒達がボオルを投げたり走り廻ったりしている運動場を、速足に裏門の方へと歩いて行く。

――ね、あのひとに、あたし、ちょっと話があるの。出来れば三階の部屋に連れて来て貰いたいんだけど……。

インド鶯女史はひどく面喰った顔をした。彼女は眼をぱちくりさせると、ニシ・アズマを見降した。それから笑い出した。

――何云ってんの。茲は女学校ですよ。男のひとをあんな屋根裏に引張り込むなんて、生徒の手前も……。

無論、インド鶯女史は冗談にそう云ったらしいが、ニシ・アズマが笑いながら胸のポケットから大きな赤い縁のロイド眼鏡を取出して掛けたのを見ると、突然何か想い出したらしかった。ヨシオカ先生は急に低声になると――別にそうする必要も無いのだが――訊ねた。

――あの男、怪しいの？

――さあ、どうかしら？　よく判んないのよ。でも、話がしたいの。あなたも今度は空いてる筈ね。

それから三分后、ニシ・アズマの気に入りの三階の部屋に一人の男と二人の女が這入った。無論、ニシ・アズマとヨシオカ先生と先刻の男である。部屋に這入った男は、何やら落着かぬ顔で辺りを眺め廻した。ニシ・アズマの午睡用のベッドに、ニシ・アズマと男が腰を降し、ヨシオカ先生は戸口の傍に椅子を置いて坐った。

——この部屋いいでしょう？　とニシ・アズマが云った。眺めもいいのよ。海が見えるの。あら、上衣、お取りになったら。

——いいんです。と、男は掠《かす》れた声で云った。

——でも、ブラウスが汗になっててよ。

男は驚いてニシ・アズマを見た。インド鶯女史は、ぽかんとした顔をした。

——序《ついで》に、ベレエ帽も眼鏡もお取りになったらいいわ。この部屋はあたしの気に入りの場所なの。茲で何かあっても、茲だけで済むことになってるの。正門を出て直ぐの所に交番があるけど、あたし、そんなことしたくないのよ。茲へあなたを連れて来たのは、そのためですもの。

男は黙っていた。しかし、やがてベレエ帽を取り、眼鏡を外し、上衣を脱いだ。ヨシオカ先生は吃驚仰天したが、賢明なる読者は既に御明察でもあろう。そこに坐っているのは、他でもない、例の青い背広の男と二人で正門から這入って来た女だったのである。彼女は、上衣の胸ポケットから黒いハンカチを引張り出すと額を拭った。

ニシ・アズマはその黒いハンカチを見ながら笑った。

——もし、あなたが黒いハンカチを持っていなかったら、あたし、こんなお節介しなくて済んだかもしれなくてよ。

女は訝《いぶ》かし気に手にした黒いハンカチを見た。

——でも、そんなことはいいわ、とニシ・アズマは縁の太いロイド眼鏡を突附いて云った。

差当って、あたし、あなたのお話が聞きたいの。ね、ヨシオカ先生？

同意を求められたヨシオカ先生は、まだ驚きの抜切らぬ顔をしていたが、徐にこう答えた。

——ええ、聞きたいものね。


ところで、階下の応接室ではその頃、青い背広の若い男が独りで焦焦《じりじり》していた。無理も無い。何しろ、もうかれこれ四十分もその部屋に閉じ込められているのだから。閉じ込められた——と云う訳では無いが、そこで待て、と云われたらそこにいる他無い。その間、授業時間らしく誰も這入って来なかった。

尤も、休憩時間になってから、這入って来た一人の事務の女が彼に訊ねた。

——誰方《どなた》に御用ですの？

——アリキ先生です。

——お呼びしましょうか？

——いいえ、茲でちょっと待っていて呉れ、って云われましたので……。

ところが、その女事務員はそれから十分ほどして再び応接室に顔を出したが、まだ若い男が独りでいるのを見て妙な顔をした。

——あら、まだ待ってらっしゃるの？　変ね。アリキ先生はいま生徒とバレエ・ボオルなんかなさっててよ。呼んで来て上げますわ。

若い男はお辞儀をしたが、自分を待たせてバレエ・ボオルなんかやるとは全く失礼だと思ったかもしれなかった。と云うのは、その事務員が出て行くと、彼は、ちぇっ、莫迦にしてやがんなあ、と独言を云ったから。

二分后、応接室に先刻の事務員とアリキ先生が這入って来た。事務員はアリキ先生に云った。

——駄目ですよ、先生、ひとを待たせて遊んでちゃ。この方がお待兼ねですわよ。

アリキ先生は若い男を見ると、不思議そうな顔をした。しかし、アリキ先生を見た若い男は更に奇妙な顔をした。彼は事務員とアリキ先生を見ながらこう云った。

——あの……もう一人のアリキ先生です。

——もう一人ですって、とアリキ先生が頓狂な声で叫んだ。このA女学院でアリキって云うのは、この私一人ですのよ。

若い男は瞬間、ぽかんと口を開いてアリキ先生を見詰めた。それから、狼狽てて名刺を胸のポケットから引張り出した。

——じゃ、違う名前だったかな、と彼は名刺を見た。矢っ張りアリキ先生です。

二人は名刺を交互に見た。それには間違無くアリキと印刷してあった。のみならず、間違無くアリキ先生自身の名刺に他ならなかった。若い男は、尠《すくな》からず狼狽したらしかった。

——変だな、私はB堂から参りましたが、と彼は自己紹介をした。院長先生の還暦のお祝の時計のことで……実はその……。

——院長先生の還暦ですって？

と、二人が異口同音に叫んだ。この二人から、院長のタナカ女史はまだ五十六歳であると聞かされた若い男は、どしんと椅子に坐り込むと折角ポマアドで綺麗に撫で附けた頭をくしゃくしゃにしてしまった。

——私は……私はどうしたらいいんでしょうか？

——一体どうしたって云うの？

若い男は、何やら事情を説明すれば少しは気持が助かる、とでも云うらしく物凄く早口に喋った。その話に依ると、二、三日前、A女学院のアリキ先生から貴金属とか時計を扱うB堂へ電話があった。院長先生の還暦の祝に記念品として時計を贈りたいから宜しく頼む。二、三日の裡に伺うから品物を見せて欲しいと云う。そして当のアリキ先生が今日やって来た。如何にも先生らしい女で、ちゃんと名刺迄出した。教職員、P・T・A合同で贈るから、相当高価なものでも差支えない、と前置して五つ六つ候補の時計を撰んだが、自分独りでは決められぬから、何れ別の日に、他の委員と一緒に来ると云う。尤も、品物を持って誰か一緒に来て呉れると今日話が片附くから一番いいのだが、とも云った。相手が学校であり、先生であると思ったのが間違の因《もと》である。時計を持って自称アリキ先生と学校へやって来ることになったのが、若い男、即ちB堂の息子である。

玄関に着くと、応接室が空いているかどうか見て来る、と云って先に這入り、引返して来ると若い男を応接室に案内した。――尤も、后で小使の婆さんの話に依ると、その女は、若い男を誰とかに紹介するので連れて来たのだと説明したらしかった。兎も角、応接室で暫く話していると、他の委員の手が空いたかどうか様子を見て来ると云って出て行った。三分すると戻って来て、もう十分ばかりすると委員が揃うから、そこへ品物を持って行って宜しいかと訊ねる。悉皆《すっかり》信用していたから、無論、厭とは云わなかった。事実、十分ほどすると、時計が六箇入ったケエスを若い男から受取り、

――ちょっと待って下さいな。

と、にっこり笑って出て行った。いや、出て行掛に、小型のボストン・バッグを置忘れていたと云って持って出た。いまから考えると、あれが怪しかったと思われるが仕方が無い。それから后は、事務員が声を掛ける迄独りで待呆けを喰わされていた、と云う次第である。

話し終った若い男は、頭をくしゃくしゃにしながら再びこう云った。

――畜生、ああ、一体、俺はどうしたらいいんだろう。兎も角、親爺に電話して……済みませんが、電話を……。

――警察にも電話した方がいいんじゃなくて?

と、事務員が頭を働かせた。

――無論、しなくちゃ。

アリキ先生も即座に同意した。

そこで三人が電話の方に歩き掛けたとき、扉が開いてニシ・アズマがヨシオカ先生と二人で這入って来た。彼女は、受話器を取上げた男に云った。

――電話掛けなくていいのよ。あなたは、これがあればいいんでしょう？

そう云いながら彼女は細長い平べったいケエスを男の方に差出した。若い男の驚いた顔と云ったらなかった。彼はケエスに跳附くと、狼狽ててその蓋を開いた。如何にも高級品らしい時計が六箇入っていた。彼は急いで、しかし入念にその時計を調べた。それから息を弾ませてニシ・アズマに云った。

――一体……これはどうしたことなんです？　全く訳が判んないな。

驚いていたのは、若い男ばかりではなかった。アリキ先生も事務員も眼を丸くしていた。

――ね、とニシ・アズマが云った。それが戻ったら御安心でしょう？

――そりゃ無論、大安心ですよ。

――じゃ、今日のことは無かったことにするって約束して頂戴な。間違ってアリキ先生だなんて云った女はいなかったことにして頂戴。でも、あたしをあの女の仲間だなんて思わないことよ。仲間じゃないことは、茲にいるヨシオカ先生も証明して下さってよ。

――無論、そんなことは思いやしません。あなたは私の大恩人です。何とお礼を申していいか判りません。しかし、一体、どう云う訳で……？

――それは訊かないことよ。無かったことにするって約束したでしょう？　それに、あなたはあたしを大恩人って仰言るけれど、あたしの方だって、幾らかあなたに恩を受けたような気がするの。

――……？

若い男は山羊のような顔にひどく面喰ったらしい表情を浮べた。ニシ・アズマは顔に似合わぬ大きな眼鏡を突附き上げて笑った。

――真逆、と彼女は内心独言を云った。あなたが山羊に似ていたお蔭でクロスワアド・パズルの鍵が解けたとも云えないわ。

若い男が、この礼はきっとするとか、是非一度店に来て欲しいとか、親爺にも礼に来させるとか云っているのを背後に、ニシ・アズマは応接室を出た。尤も、出る前に彼女はアリキ先生に忠告した。学校にやって来る人に矢鱈に名刺はやらぬ方がいい、と。小柄な彼女の背後から、色の黒い大柄なヨシオカ先生が、何やら愉快らしい顔をして出て来た。

三階への階段を上りながら、ヨシオカ先生が訊ねた。

――いい気持ね。でも、どうしてあの女が怪しいって判ったのかしら？　男装していたのに？

――黒いハンカチよ、とニシ・アズマは云った。それだけよ。

――黒いハンカチですって？

――ええ、黒いハンカチ。あたし、教場にいたときあの女が廊下を通るのを見たの。そのとき、あのひとが黒いハンカチで額を拭くのを見たの。それから、あなたと一緒になって階段を上り掛けたとき、あのベレエを被って、眼鏡を掛けて、上衣を着た男が中央口から出て行くのを見たでしょう？　その男の胸のポケットから黒いハンカチが覗いているのが見えたの。

——それで判ったのね？

ヨシオカ先生は大いに感服したらしい顔をした。

——いいえ、ニシ・アズマは首を振った。それで判ったんじゃないのよ。でも、黒いハンカチなんて、普通あんまり使わないんじゃないかしら？　それを一人の女が使っているのを見て、その直ぐ后で今度は一人の男の胸のポケットにもあるのを見た、となると何だか少し気になるんじゃないかしら？　それで、あたし、その男をよく見る気になったの。よく見たら、スラックスとか、靴とか、顔とか、だんだん前の女が出て来る気がしたのよ。もし、黒いハンカチが無かったら、あたし、きっと気が附かなかったわ。

ニシ・アズマは大きな眼鏡を外すと胸のポケットに蔵《しま》い込んだ。二人はもう三階の部屋のなかにいた。開け拡げた窓からは五月の爽かな風が流れ込んだ。風には潮の香が嗅がれるような気がした。遠く見える海から吹いて来るためかもしれなかった。

——ね、美しき五月となれば、とかって云う詩が無かった？

——さあ？　どうかしら？

——ね、一緒に考えて呉れない？　難しい鍵ばっかりで大閉口よ。

ニシ・アズマはクロスワアド・パズルの本を取上げると考え込んだ。
――籠なぞ作るに用いられる薄く細長い木片。はてな、何かしら？

蛇

或る日、M駅前の広場に三人の若い女が現れると、広場に面した「高級レストラン」と看板を掲げた店に這入って行った。高級レストランと自称しているが、実際は甚だ貧弱な奴で、窓から「氷」と書いた旗なんか出していた。なかに這入った三人は、揃ってその氷を注文し、揃って柱時計を眺め、

——あと十分……。

と点頭き合った。

広場には二、三台のトラックと一台の荷馬車が停っていて、荷馬車に繋がれた馬は頻りにその尻尾で腹にたかる蠅を追っ払っていた。風が吹くと少し埃が立昇り、広場に植っている数本のポプラが白く葉を翻《ひるがえ》した。そして、蟬《せみ》の声が聞えて来た。

——あたし、と一人の娘が云った。馬に何故あんな尻尾があるか判ったわ。

彼女は肥っていて、少し上を向いた鼻の頭に一杯汗を溜めていた。悠悠と氷をスプウンですくっている所を見ると、十分間掛って一杯を片附けようとしているのかもしれなかった。

——何故？

と、もう一人が訊いた。ほっそりした眼の大きな娘でなかなかの美人と云って良かった。彼女はちょいと気取って氷を口に運んでいた。

——蠅を追っ払うためよ。

——なあんだ。

最后の一人は、この二人よりも多少年長らしく、黙って二人の話を聞きながら笑っていた。彼女は痩せてひょろっとしていた。忽ち、氷を平げて、もう一杯注文しようかどうかと迷っているらしかったが、時計を見ると二人を促して店を出た。

三人が広場を横切って駅の改札口迄行ったとき、ちょうど上り列車が到着して、降りた客が改札口に姿を見せ始めていた。列車の窓から、沢山《たくさん》の女学生の顔が覗いているのが見えた。女学生達は何れも陽に灼《や》けた黒い顔をして、プラットフォオムにいる一人の小柄な若い女性に向って口ぐちに何か叫んだり、手を振ったりしていた。列車が動き出すと、女学生達は一斉に頓狂な喚声をあげ激しく手を振った。それを見送った小柄な女性はやがてくるりと向きを換えると、一分后には改札口に姿を現した。大きなボストン・バッグを提げて。

改札口に待っていた三人の裡、痩せてのっぽの女性が大声で叫んだ。

——まあ、ニシさん、暫く。よく来たわね。

ニシ・アズマは陽に灼けて、笑うと歯が白く見えた。彼女は早速、のっぽから二人の娘さんを紹介された。それに依ると、肥って鼻の頭が上を向いている娘さんは、ポンコと云われるらしかった。ニシ・アズマの卒業した某女子大の学生であった。ほっそりした美人はチャコと呼ばれていて、某私立大学の学生であった。最后に、のっぽ自身はニシ・アズマと一緒に女子大学を出た友人で、スミスと呼ばれていた。と云っても彼女が純粋の日本人じゃないと云う訳では無い。それは専ら「蚊トンボ・スミス」に由来するらしかった。

一体、何故ニシ・アズマはM駅で下車したのか？　理由は至極簡単であった。彼女はA女学院の臨海学校と云うものに随《したが》いて、Mの先のNに十日ばかり行っていた。それを知ったスミス嬢が是非帰りに寄るようにとニシ・アズマを再三勧誘した。それが、実現したに過ぎない。スミス嬢は、Mに別荘を持っていて毎夏やって来ている。ポンコもチャコも、スミスの夏の遊び友達である。

二つの低い山が海に突出ていて、その間にささやかな入江を抱いていた。その海岸が海水浴場になっていて、別に有名ではないが夏になると相当賑った。しかし、浜辺が長く続いている訳でも無いから、賑うと云っても人の数はたいしたものではない。また、日帰りの客が押掛けると云う訳でも無いから、どことなくのんびりしていた。

駅から七、八町の乾いた土の路を歩いて、ニシ・アズマが辿り着いたスミスの別荘は、この海水浴場の見降せる山の傾斜面にあった。いま迄ニシ・アズマの行っていたNの海岸は、砂浜が長く続いて眺望が広かった。二つの山に抱かれたMの入江は、スミスの別荘のヴェランダから見ると箱庭のように可愛らしかった。入江のなかには、一艘の小さな貨物船が停泊していた。

——貨物船が見えるわ。

——ええ、ときどき入って来るのよ。

とスミスが云った。彼女の説明に依ると、右手の岬を廻った所にM港があって、そこに行くといつも貨物船が三、四艘停泊しているらしかった。また、右手の岬の突端にはちっぽけな燈台もあるらしかった。

——燈台？　行ってみたいわね。

——ええ、行ってみましょうよ。ニシさんが来たら、みんなで行ってみようって相談してたのよ。ボオトで……。

——ボオトで？

——ええ、お弁当なんか持って。

ニシ・アズマはちょいと愉しそうな顔をした。多分、この蚊トンボ・スミスの別荘にいる何日間かは愉しいものになるだろう、とでも云うように。

ヴェランダで冷い飲物を飲む間、二人の友は女性特有の本能を発揮して学校時代の話だとか友人達の話に飽きることが無かった。

——ね、ニシさん、あなた、名探偵振りを発揮したんですってね？　スズキさんに聞いたわよ。

スミスはそんなことを云い出したりして、ニシ・アズマはちょいと面喰った顔をした。スズキ・ケイコの指輪の事件を指して云ったとは判ったものの、スミス迄知っているとは意外千万だったから。

それから、二人は別荘の近くを歩き廻った。その間も大いにお喋りした。少し降ると、旅館とか商店が並んでいる通があったが、二人は専ら貸別荘とか住宅の並んでいる樹立の多い路を歩いた。所どころに空地があって、クロオヴァに蔽《おお》われていたり、大きな樹立が影を落していたりした。そこには、キャムプしたと覚《おぼ》しい跡が見られたりした。

二人が空地の一つのクロオヴァに腰を降していたとき、路を一人の若い男が歩いて来た。派手なアロハ襯衣《シャツ》姿の若い男はスミスを見ると笑って、

——やあ。

と手を挙げた。スミスは早速、その若者をニシ・アズマに紹介した。若者は背が高く、陽に灼けた快活な顔をしていた。或る私立大学の学生で、友人と二人、下のB旅館に泊っているナガタ・某であった。彼はタアザンなる名前を頂戴していて、専らそう呼ばれているらしかった。

——タアザン？

ニシ・アズマはちょいと笑ったが、本人は寧ろその呼名に大いに満足しているらしかった。

——じゃ、水泳もお上手なのね？

――このひと、とスミスが注釈を加えた。P大学の水泳部のキャプテンなのよ。

――いや、キャプテンじゃありませんよ。

と、タアザン君は訂正したが、兎も角、P大学の水泳部の選手であることは間違無いらしかった。尤も、本人がそんなことを自慢した訳では無い。一緒にいる友人のタダ・某が――彼は気の毒にもチタなるチンパンジイ紛《まが》いの呼名を貰っていた――頻りに吹聴《ふいちょう》したものらしかった。余り熱心に吹聴したので、そそっかしいスミスはキャプテンと思い込んでしまっていたほどである。

――午后、海岸に行くでしょう？　じゃ、そのときまた……。

タアザンは大股に歩み去った。その後姿を見送りながら、スミスが云った。

――ほら、さっきいたチャコ……、あのひとが彼に夢中なのよ。

――そう？　で、タアザン君の方は？

――彼の方もどうやらそうらしいわ。

やがて、二人はスミスの別荘に戻った。二人が玄関を這入ったとき、一人の少年がスミスの眼の前に何か突附けた。スミスは、きゃあと悲鳴をあげてニシ・アズマに抱附いた。抱附かれたニシ・アズマも悲鳴をあげた。少年の手からは一匹の青大将がだらんとぶら下っていた。

悲鳴をあげたスミスは、しかし、忽ちかんかんに腹を立てた。少年はスミスの弟のトシオで高等学校の二年生である。彼はトンボと呼ばれていた。トンボは無論、姉からも母からも手痛

い吐言を頂戴したが、彼は、

——お客さんが来てるなんて知らなかったんだもの……。ちぇっ。

と、如何にも不服らしかった。トンボの話だと、彼は蛇の沢山いる秘密の場所を発見したのだ、とひどく自慢らしかった。今度は蛇の蒲焼を作ってやらあ、とか云って再び姉のスミスをかんかんに怒らせた。

午后、ニシ・アズマはスミス姉弟と一緒に海岸へ行った。ビイチ・パラソルを立てると、羽織って来たビイチ・ウェアを取って三人は水のなかに突進した。入江だから、波が立たない。泳ぐのには至極都合が好かった。ニシ・アズマはトンボと停泊中の貨物船迄行ってみた。スミスはそこ迄行ける自信が無いらしく引返してしまった。

——蛇は泳げるんですよ。

トンボが云った。

——そうかしら？

——じゃ、今度持って来て泳がせて見せましょうか？

ニシ・アズマが先生と聞いて、トンボも些か改った口を利いていた。

——真平《まつぴら》。

二人が貨物船を一周して浜に引返して来ると、スミスのビイチ・パラソルの傍には既にポンコとチャコが来ていた。更にタアザンとチタも姿を見せていた。チタとニシ・アズマは初対面の挨拶を交した。チタは中肉中背で一向に見映えのしない若者であった。彼が何か自分の意見を云っても、みんな大して気に留めないが、彼がタアザンのことを云い出すと、一同は俄《にわ》かに関心を持つ。彼の存在はどうやら、タアザン無しではまるで顧《かえりみ》られぬもののように思われた。トンボは早速、一同に蛇の話を持出した。チャコが真先に頓狂な声を出した。

——止めて。あたし、蛇って大嫌い。見たら、卒倒しちゃうわ。

——止せよ、蛇の話なんて、とタアザンがタアザンらしからぬことを云った。俺も蛇は嫌いだよ。

しかし、チタは平気らしく、トンボに蛇のいる秘密の場所を訊いたりしていた。やがて、スミスとニシ・アズマを除いた連中は水のなかに入って行った。見ていると、浅い所でタアザンはチャコの手を取って引張ってやっていた。チャコは頻りにばた足をやっていた。

——あら、チャコって泳げないの？

——ええ、毎日、ああやってタアザンに手を引張って貰ってるけど、ちっとも進歩しないのよ。手を引張って貰いたいから故意《わざ》と泳げるようにならないんだ、なんて云ってるひともいるくらい……。

——それ、あなたの意見じゃなくて？

——まあ、仰言いましたわね。

それに較べて、肥ったポンコの方はよく水に浮くらしく、頻りに勇しい泳ぎ振りを見せていた。尤も、勇しく水煙は上がるが一向に進まないのは不思議と云って良かった。その間、チタとトンボは貨物船の方に向って、泳いでいた。

暫くして、引上げるときニシ・アズマはタアザンに訊ねた。

——あなたはちっとも泳がないのね。専ら指南役ですの？

——御挨拶ですね。

と、タアザンは笑った。事実、タアザンは一向にその見事な泳ぎ振りを見せて呉れなかった。すると、チタが早速口を挿《はさ》んだ。

——彼にとっちゃ、こんなとこで泳ぐなんて莫迦臭いんですよ。何しろ、一年中泳いでるんですからね。ダアビイに出る馬は草競馬じゃ走りませんよ。

タアザンは、しかし、チタの言葉なぞ一向に耳に入らぬらしく、チャコに、ばた足のときまだ膝が曲るとか講評していた。

ニシ・アズマが来て四日目に、燈台に行くことになった。燈台迄は、歩いて行くと一里近くあったが、連中は無論ボオトを借りて行くことに決めていた。最初は二艘のボオトに分乗して行く筈になっていた。しかし誰が云い出したものか判らぬが、三艘にして男女一組ずつ乗って競争しようと云うことになった。そうなると一人女性が余る。トンボは一人前の男性と云うに当らぬから、トンボのボオトだけは女性が二人乗って、トンボともう一人が漕ぐと云うことに決った。尤も、トンボはこの決定に至極不服らしかったが仕方が無い。

——じゃ、あたしはトンボと組むわ。

と、ニシ・アズマは云った。

——あたしは夕アザン。

と、チャコが素早く云った。ポンコは抽籤にしようと云い出したが、チタが僕と組もうと云うと不承不承、承知した。結局スミスはトンボとニシ・アズマの組に入ることになった。

しかし、当日になってみると、この予定された競争は実現出来ぬことになった。と云うのは、その日は生憎《あいにく》ボオトが出払っていて——数も多くなかった——一斉にスタアトする訳には行かなかったから。

——だから、とスミスが世話係のチタを窘めた。昨日、ボオト屋に話して置くように云ったじゃないの。

仕方が無い。目的地は燈台として三艘のボオトで勝手に出発することになった。ボオト屋に残っていたのは、一艘しか無かった。抽籤の結果、夕アザンとチャコが真先に出発することになった。チャコは大きな手提袋を持参していたが、なかにはどっさり御馳走を仕込んで来ているらしかった。世話係のチタがいろいろ面倒を見て、ボオトを押出した。

二人のボオトが出てしまって十分ばかりすると、やっと二艘のボオトが相次いで戻って来た。

——いいわ、じゃ二艘でのんびり漕いで来ましょう。その方があのお二方にも……ね。

と、ポンコが云った。

——あら、あんた、タアザンと組みたかったんじゃないの？

スミスが冷やかすと、ポンコは肥った頬っぺたを脹ませた。

やがて、二艘のボオトは出発した。競争ではないから、三人組の方もトンボ一人が漕ぐことにした。多少風があるが好く晴れた日で、廻か水平線には白い入道雲が出ていた。先に出たタアザンのボオトは見えなかったが、入江の真中辺りに漕ぎ出してみると、遠くの水面にそれらしいものが見えて来た。

——風があるから、とチタが向うのボオトから声を掛けて寄越《よこ》した。入江を出ると漕ぐのが苦労だよ。

——平ちゃらだよ、とトンボが大声で云った。

——御婦人を二人乗っけてるんだから、頼むよ。

チタは何だか浮き浮きしていた。あのひと、ポンコが好きなのかしら？　と、ニシ・アズマは考えた。スミスは或る大学の応援歌なんか口誦んでいたが、突然歌い止めるとニシ・アズマに云った。

——ほら、汽車が通っててよ。

ニシ・アズマは振返った。山の中腹を上り列車が通っていた。ニシ・アズマは何度か列車の窓からこの入江を見降したことがある。列車は忽ちの裡に、この入江を見捨ててしまう。そしてニシ・アズマ自身、この入江に自分がボオトを浮べるなんて夢にも思わなかった。いま、誰かあの汽車の窓からこの入江を、このボオトを見ている筈だけれども、その人は何を考えているだろう？

――ちぇっ、とトンボが姉を軽蔑した。汽車が珍しいのかい？

――莫迦ね、とスミスは笑った。銀座でアイスクリイムが食べたくなっちゃった。

それから、ニシ・アズマとスミスは食物の話を始めた。ニシ・アズマは自分の勤務先A女学院院長タナカ女史が、如何に料理自慢であるかと云うことを話すのを忘れなかった。二人の女が、食物に就《つ》いて大いにお喋りしているのを聞いていたトンボは、到頭遣切《やりき》れなくなったらしい。

――そんな話、聞かせてばかりいないで、何か食べさせて呉れたっていいだろう？　とトンボは云った。腹が減っちゃったよ。

スミスはやれやれと云う顔をして、サンドイッチの包を出してやった。トンボは至極上機嫌でそいつをむしゃむしゃやり始めた。トンボが漕ぐ手を休めている間、ニシ・アズマは水に手を入れてその感触を愉しんでいた。突然、向うのボオトのポンコが大声をあげた。

――……？

みんな、ポンコの指す方を見た。それは、迴か彼方の入道雲を指しているかのように見えた。しかし、入道雲を指したのではなかった。遠くの水面に浮いている舟の上で、誰か立上っている姿を指したに他ならなかった。誰か立上っている——しかし、そう思ったときには、その姿は見えなくなった。それはかなり遠かった。また、一瞬のことと云って良かった。

——どうしたのかしら？

——引繰り返ったらしいね。

と、チタが大声で云った。チタは漕ぎながら、大声で話し続けた。

——タアザンのボオトかどうか判らないけど、彼奴のなら大丈夫だよ。何しろ、水泳の選手だから……。幾ら、チャコが金槌だって……。

チタはしかし昂奮しているらしく力を入れて漕いでいた。トンボもサンドイッチを放り出すと急ピッチで漕ぎ出した。

——タアザンのボオトじゃないかもしれないわ、とスミスが云った。だって、あのひと達、あたし達より十分も前に出たんですもの。

——早く行かなくちゃ、とニシ・アズマがトンボを急《せ》かした。近く見えても遠いのよ。
七、八分ほど漕いだ頃、スミスが少し先の水面を見ながら叫んだ。
——あら、何だろう？　それから、頓狂な声で云った。

——あら、蛇よ。蛇が泳いでるわ。

トンボが、ニシ・アズマを見て笑った。

——ね、蛇って泳げるんですよ。

しかし、トンボの面喰ったことには、ニシ・アズマはそれに返事をしなかった。返事をせずに蛇の方を見ていた。もう見えなくなってしまった筈なのに。そして、彼女は独り呟いていた。

——どうして蛇がこんな所を泳いでいるのかしら？　何故だろう？

岬を出た所で波が大きくなって、ボオトはひどく漕ぎ難かった。トンボも向うのチタも大分苦労していた。しかし、間も無く彼等は一艘のボオトを発見した。ボオトは赤い腹を見せて転《てん》覆《ぷく》していたが、乗っていた人間はどこにも見当らなかった。ボオトの近くの波間に麦藁帽が浮いていた。それは、チャコが被っていたのと同じものであった。チャコのものだとすれば、彼女はどこに行ったのか？　また、タアザンはどこにいるのか？

——チャコを助けて、岸の方に泳いで行ったのかもしれないよ。

と、トンボが云った。岬迄はそう遠くなかった。岬の突端に燈台が見えた。

——でも、あたし達の来るのが判ってるんだから、ボオトに摑まっているわよ、ニシ・アズマが云った。その方が賢明ですもの。

燈台に行って兎も角連絡することにして、トンボ達のボオトは、燈台に向って漕ぎ出した。チタとポンコのボオトはあとに残って二人を探すことにした。トンボは不思議でならぬらしく呟いていた。

——でも、怪訝しいな、タアザンが溺れちゃうなんて。

——よっぽど水泳の出来るひとでも、とスミスが云った。溺れそうなひとに獅《し》嚙《が》み附かれると駄目なそうよ。

スミスは蒼い顔をしていた。そして、ニシ・アズマは独言を云っていた。

——変ね、蛇が泳いでたなんて。


スミスの別荘にいる何日間かが愉しいものになるだろう、とニシ・アズマは思っていたが、それは至極愉しくない記憶の一つとなるらしかった。タアザンとチャコは見附かった。しかし、死骸となって。何故ボオトが転覆したのか？　誰にも判らなかった。風があったから横波を受けて転覆したのだと云う者もあった。なかには、ボオトの二人が恋愛遊戯に夢中になった余り、ボオト迄転覆させてしまったのだと説明する者もあった。

六日目、ニシ・アズマはMを去った。その前の夜、彼女はスミスと散歩した。星の美しい夜で、樹立の多い路を歩いて行くと、遠く海の上に漁火《いさりび》が点点と見えた。

——また、来ないこと？

——ええ、有難う。でも、あたし、来月は山へ行こうと思っているの。

——あら、いいわね。あたし、何だか海が厭になっちゃった。でも、妙なものね。あんな水泳の選手でも溺れ死ぬなんて。

——水泳の選手？　とニシ・アズマが云った。あなたあのひとの泳いでるの見たことあって？

スミスは吃驚したらしく黙り込んだ。それから、矢張り驚いて云った。

——そう云えば……。

——無いでしょう。あたし、三日間、あのひとと海岸にいたけれど、あのタアザンは決して泳がなかったわ。つまり泳げなかったのよ。

——真逆、とスミスは笑った。だって、水泳の選手だって……。

——あのひとが自分で云ったの？

——いいえ、そりゃチタが教えて呉れたんだけど……。

——チタが教えて呉れたんでしょう？　あのひとに関することはみんなチタから出てるのよ。あのひとは何も云わなくても、チタが勝手にあなた達の眼に、あのタアザンを偶像に見えるように作り上げて行ったのよ。何故かしら？　あたしにはよく判らないわ。多分、そうすることで一人の女性を歓《よろこ》ばせることが出来ると思ってたのかもしれないわね。チャコでもいいわ……。多分チタはチャコが好きだったのよ。多分、タアザンよりもっともっと……ね。

——チタがチャコを？　滑稽じゃないの？

——そうかしら？　チタはきっとそんな道化役に甘んじていたのよ。でも、何かあったのよ。チャコかタアザンがチタをひどく侮辱するようなことがね。チタはそれを決して忘れなかったのよ。

——何の話なの？

——海岸であなたの弟さんが蛇の話をしたとき、チャコがひどく怕《こわ》がったのを覚えてなくて？　蛇の大嫌いな人間に蛇を見せるなんて、一番簡単な復讐の方法じゃないかしら？　例えば、みんなで舟遊びをするときに、蛇の嫌いなひとの手提袋に蛇を包んで入れとくなんて極く簡単に出来るんじゃないかしら。舟が沖に出たとき、手提袋を覗いて蛇の包を見附けたとき、そのひとはどうするかしら？　蛇を放り出して跳上るんじゃないかしら？　相手も蛇が嫌いなら、相手も思わず立上っちゃうわね。ちっぽけなボオトですもの。引繰り返るのは簡単よ。でも、そこ迄チタが考えていたのか、それともただ驚かすだけだったのか……。でもあたしにははっきり判るのは、チタは夕アザンが泳げないのをよく知ってたことよ。

暫くしてスミスが低い声で訊いた。

——それ、ほんとなの？

——さあ、とニシ・アズマは云った。海を蛇が泳いでるのを見てから、そう思ったの。何故、蛇が海から陸に向って泳いでたのかしら？　あたしには判んないわ。でも、そうとしか思えないの。あ、流れ星よ、ほら岬の上の方……。

岬の上の流れ星は、長く尾を曳《ひ》いて忽ち消えてしまった。儚《はかな》い生命のように。

十二号

その別荘からの眺望は悪くなかった。眼下に大きな落葉松林が続いていて、その迥か遠くには雪を頂くアルプスの連峰が見えた。別荘の庭のデック・チェアに坐って遠くの山を見ていると、ときおり、郭公《かっこう》の鳴く声が聞えて来たりした。そして郭公の声を運んで来る風は心地良く肌に触れ、人を追憶に誘うかのように思われる。

——何年目かしら？

ニシ・アズマはデック・チェアに坐って考えた。彼女は淡い水色のブラウスに同じ色のショオツを穿いて、いとも涼しそうな恰好をしていた。何年目かしら？　彼女が前にこの別荘にやって来たのは、まだ学生の頃である。もう四年ほど経っていた。その頃彼女は詩を読むのが好きで、遠い山に向って詩集の頁《ペエジ》を翻したりした。いま、デック・チェアに凭《もた》れて、遠い連峰を見ていると、その頃読んだ詩の一節が甦って来たりした。

今日、つくづくと眺むれば

悲しみの色口にあり。

…………

その別荘は彼女の伯父のものであった。伯父なる人物は仕事が忙しいから、別荘には殆ど姿を見せなかった。別荘にいるのは、彼女の伯母と伯母の娘のタエコだけである。タエコは女子大生で、背が高かった。掠れたアルトでよくシャンソンを口誦んだりしていた。しかし、タエコに云わせるとダミアばりなんだそうだが、ニシ・アズマは一向に感心しなかった。しかし、タエコの脚の速さには、ニシ・アズマも大いに感心していた。

ニシ・アズマは小柄だが、走ると相当速い。ところが別荘に来て二日目、試みにタエコと駈けっこをして、その速いのに吃驚した。そんな筈は無いから、もう一度走ってみようかと思ったがそれは中止した。路傍に、いつの間にか一人の男の子が立っていて、

——矢っ張りノッポの方が早いや。

と、云って笑ったから。

その子供を見ると、タエコはちょいと顎をしゃくって窘めた。

——うるさいぞ。

男の子は、しかし、にやにやしながらタエコとニシ・アズマを見ていた。男の子——しかし、ニシ・アズマは直ぐそれが、子供ではないのに気が附いた。と云って、大人でもない。最初ニ

シ・アズマが思った十ぐらいの男の子ではなくて、尠《すくな》くとも十六、七歳にはなっているらしいのに気が附いた。何故、最初に間違えたか？　理由は彼が背中に背負っている大きな余計な荷物で説明出来た。その少年は傴僂《せむし》だったのである。

后でタエコが説明して呉れた所に依ると、その傴僂の少年は彼女の別荘から四、五軒先の別荘の子供であった。別荘の子供——と云っても、その別荘は或る会社の寮のようになっていて、そこの別荘番をしている夫婦の息子であった。

——あの子、傴僂だけど性格は案外明朗なのよ。

と、タエコは云った。

——そうらしいわね。

——でも、とっても勝気よ。こないだなんか、同じ年頃の高校生と口論してたけど、一歩も引かないのよ。殴り合いになったらひとたまりも無いのに……。

その日の午后、傴僂の少年カンタはヤマメを二匹タエコの家に持って来た。彼は釣が好きで、タエコの別荘から四、五町行った所にある渓流によく糸を垂すらしかった。捕れた獲物は必ずタエコの所に持って来る。これはどう云う訳か判らない。

——多分、とニシ・アズマは笑ってタエコに云った。タエちゃんが好きなのよ。

——そうかな？　とタエコは笑った。

その別荘からの眺望は一向に変らなかったが、ニシ・アズマの来なかった四年間に、この山一帯は大分変ってしまったように見えた。尤も、四年前と同じように、バスはT駅からT高原と呼ばれる、この山の上迄客を運んで来る。バスの終点の広場にはクロオヴァが一面に生えていてベンチやブランコがある。広場に面して旅館が三軒、売店が五、六軒ある。それは四年前とちっとも変っていない。

しかし、四年前は、どこかひっそりした雰囲気が漂っていた筈なのに、いまはそれが無かった。何やらざわざわした落着かぬ空気が流れていた。何故か？　それは四年前と較べるとひどく人間が増えたためらしかった。何故、人間が増えたか？　その理由を知るためにはニシ・アズマやタエコと一緒に、広場から一町ばかり坂道を降って行けば良い。坂道の途中で、諸君は派手な恰好をした若い男女の群を多く見掛ける筈である。左手の大きな落葉松林の外れに、諸君はT高原キャムプ村入口と云う杭を見出されるだろう。その杭の所を半町ばかり這入って行くと、山小屋風のちっぽけな家が沢山立並んでいるのが眼に入る。その前に、T高原キャムプ村、と書かれた立札が立っている。

——まあ、随分沢山あるのね、とニシ・アズマは感心した。何軒ぐらいあるのかしら？

——何軒かしら？

タエコもよく知らぬらしかった。同じ大きさの同じ恰好のコテッジが沢山並んでいると、自分の小屋を間違える人間もいるのではないか、と思われた。尤も、ちゃんと小屋毎に番号は附いていた。しかし、夜なんか懐中電燈かマッチの助けを借りずに一度で自分の小屋に辿り着けるのは、一番前列の入口に近い小屋の住人ぐらいかもしれなかった。

——茲にキャムプ村が出来てから、とタエコは云った。とっても賑かになっちゃったのよ。

——そうね……。

ニシ・アズマは点頭いたが、彼女は別のことを考えていた。四年前のことを。四年前、そこは白樺の樹立を点在させる野原であった。彼女はよくこの野原に散歩にやって来た。野原の草に腰を降し、ささやかな、しかし愉しい夢を描いたものである。その夢のカンヴァスに筆を執ったのは彼女一人ではなかった。それは合作と云って良かった。と云うのは、彼女の傍にはいつも一人の青年がいて、筆を加えていたから。

しかし、彼女の——或は彼等の折角の夢も未完成の儘終らざるを得なかった。何故なら、その青年は一週間の予定でアルプスに出掛けて行ったのに、二度と帰って来なかったから。ロオプが切れて谷底に転落したのである。それから三年間、彼女はアルプスの見えるこの別荘には来なかった。四年目、彼女はやって来た。そして彼女の見出したのは、キャムプ村と化した嘗ての懐しい野原であった。

タエコと坂道を引返して行きながら、ニシ・アズマは嘗て読んだ詩が知らぬ間に脳裡に浮んで来るのを不思議に思った。

……きみが心のわかき夢

秋の葉となり落ちにけむ

或る日の午后、ニシ・アズマはタエコと一緒に、渓流の方に歩いて行った。一軒の別荘の所で彼女は足を停めた。それは例の山で死んだ青年のいた別荘であった。しかし、青年が死んでから、青年の父親はこの別荘を手放した。いま住んでいるのは誰か判らない。

——なあに？

——何でもないの。

二人は渓流の方に降りて行った。大きな岩が重なりあった間を、飛沫を上げて水が流れていた。そして二人は傴僂のカンタが、上流の丸木橋の傍で釣竿を手にしているのを発見した。二人は岩の上をカンタの方に上って行った。

——釣れて？

カンタはちょいと笑った。彼の持っている大きなブリキ鑵を覗いたが、まだ一匹も入っていなかった。二人は五分ばかりカンタの傍にいた。それから、更に上流に向って進んだ。二、三十米ばかり行ったとき、二人は大きな話声を聞いて振返った。カンタの傍に二人の若い男がいて、カンタはそれと話していた。話していたと云うよりは争っていた。

——行ってみなくちゃ……。

タエコが云った。ニシ・アズマも同意した。しかし、足場が悪いから簡単に引返せない。その裡、若い男の一人が突然カンタを殴り附けた。カンタは蹌踉《よろめ》いて水に落ちた。すると、二人は笑いながら小径を上って行った。

ニシ・アズマとタエコがカンタの所にやって来たとき、カンタはやっと流から立上った所であった。彼はずぶ濡れになって蒼い顔をしていた。頬の肉が震えていた。

——畜生、殺してやるから……。

その声は二人の女性をどきりとさせるような思い詰めた調子を帯びていた。

——どうしたの？

カンタは何も云わなかった。何も云わずにブリキ鑵の水を空け、釣竿に糸を巻附けた。ニシ・アズマはポケットから板チョコを出して三等分すると、タエコにやりカンタにも差出した。二人の女が銀紙を剝がして口に板チョコを入れると、カンタもやっと受取った。受取ったが、食べなかった。

——どうしたの？

その裡、カンタもどうやら落着いて来たらしい。黙って板チョコを口に入れた。更に二分ばかりしてカンタが漸《よう》く説明した所に依ると、こんな話らしかった。

釣をしているカンタの所へ、丸木橋を渡って二人の若い男がやって来た。二人は通りすがりにカンタにこんな挨拶をした。

——おい、偏僂の大将、釣れるかい？

自分の肉体的な欠陥を露骨に持出されたカンタは当然腹を立てた。腹を立てても、そんな下らぬ奴を相手にしなければ良かったが、勝気なカンタは、うるさい、とやり返した。すると相手が、うるさいとは何だ、と開き直った。それが昂じて一人がカンタに暴力を振ったのである。聞いていた女性二人は、その理不尽な若い男に大いに腹を立てた。腹を立てたが眼前のカンタを見ると、あんな下らぬ奴のことは忘れてしまえと慰める他無かった。カンタはそれ以上何も云わなかった。

——あんな奴、とタエコが云った。あたしが男ならこてんこてんにのしちゃうんだけどな。

——四年前は、とニシ・アズマが云った。あんな厭な奴は一人もいなかったのに……。

三人は別荘の方に引返すことにした。小径を上って少し行った所で、ニシ・アズマはちょっと振返った。彼女の眼に、対岸の崖の上の路にいる一人の男が映った。樹立越しでよく判らなかったが、男は黒い襯衣《シャツ》を着て、緑の色眼鏡を掛けていた。

——何だろう？

彼女は考えた。彼女はちょっと振返って見たに過ぎない。しかし、カンタやタエコと一緒に歩きながら、彼女はその男のことを考えた。彼女は、カンタが二人の男と争っているとき、カンタの方へ引返そうとして崖の上に人影を見たのである。人影を——緑の色眼鏡を。見たと思ったとき、それは消えてしまっていた。もし、その同じ色眼鏡の男がまだそこにいたのだとしたら？　それはどう云う訳だろう？

カンタと別れると、二人は広場に面した売店の一つがやっている喫茶店で氷を飲むことにした。広場には、ゴムマリの野球をやっている子供達とか、ブランコに乗っている黄色の服の少女とかが見えた。

——カンタも可愛想にね。

——ほんと……。

二人が話していると、いつの間にか空が曇って辺りが急に暗くなった。と思ったら、雷が鳴出した。黄色の服がブランコから飛降りて走り出した。広場の子供達が一斉に散り始めた。喚声をあげながら。二分と経たぬ裡に、凄じい驟雨《しゅうう》がその店の屋根を、窓を激しく叩き出して、忽ち広場は白く煙ってしまった。

——すげえなあ。

——びしょびしょだい。

——わあ、驚いた。

駈込んだ連中の賑かに喋る声が売店中に拡った。夕立で雨宿りするのはいいが、その度に店の品物を無断で失敬する不心得な者がいる、とかねがね大いに憤慨していたその店のお内儀《かみ》さんは、使っている女の子の尻を突附くと、大きく眼を開いて店内を眺め廻していた。

その雨宿り組の悪童連中の一人が、夕エコを見附けてやって来た。それは夕エコの別荘の近くにいる十五、六の少年である。

——澄して坐ってんの。

——余計なお世話よ。

——面白い悪戯《いたずら》、思い附いたんだよ。でも、内証だぜ。

——なあに？

少年は腕組をして、片手で鼻の頭を三度撮《つま》んだ。どう云う心算なのか、坐っている二人にはさっぱり判らなかった。

——あのキャムプ村の立札を動かしとくんだ。

——立札を動かしてどうするの？

——ちぇっ、と少年は軽蔑した顔附になった。そんな血の巡りの悪いのには話したってつまんねえや。止めとこ。

そう云うと、さっささと売店の方へ行ってしまった。坐っている二人は、その後姿を見ながら、肩をすくめて笑った。

——あの連中ったら、しょっちゅう、何か悪戯してんのよ。こないだったら、あたしが家にいたとき、こんちは魚屋でございい、なんて来たのがいるの。変だなと思ったけど台所の方へ行って、魚屋が来るなんて珍しいわね、って戸を開けたら、彼奴よ。云うことが癪に触るったらないの。こんな山のなかに魚屋が廻って来るなんて思うだけでも頓馬《とんま》だね、だって。

ニシ・アズマは笑った。

——で、どうしたの？

——どうしたのって、逃げるのを追っ掛けてって、思い切りお尻を引叩いてやったわ。

——そりゃ、タエちゃんに追っ掛けられたら、大抵捉まっちゃうわね。


カンタが人殺しをしたと聞いて、ニシ・アズマとタエコは太陽が西から出たぐらい吃驚仰天した。その翌日のことである。二人は前の日に渓流の所でカンタが呟いた文句を思い出した。思い出したとは云うものの、驚いたのには変りなかった。それに少し変な所もあった。

その山一帯を吃驚させた事件、と云う奴を簡単に申上げると次のような話になる。

キャムプ村の十五号の住人——若い男女であるが——の男の方が、朝、隣の十四号の扉が開いているので何気無く覗いてみて、危く腰を抜かしそうになった。何しろ、二日ほど空いていて誰もいない筈の部屋の真中に、一人の男が胸を刺されて死んでいたのだから。その男に就いては、誰も何も知らなかった。男は黒い襯衣を着ていた。また、前の路に緑の色眼鏡が転っていた。これは男のものらしかったが、踏ん附けられたらしく滅茶滅茶に壊れていた。

ところが驚いたことには、この殺人犯人が他ならぬ傴僂のカンタらしいと云うことになった。現に、夜中にカンタを見掛けたと云う目撃者が二人も現れた。何れも、キャムプ村の住人で、二人共キャムプ村へ帰る途中、坂道でカンタを見たのである。一人は、子供かと思って懐中電燈で照らしてみて傴僂なのに気が附いて吃驚した。もう一人は、坂の上の方の電柱の下で擦違った。傴僂の子供が血相を変えて走り去るのに、ひどく怖《おそろ》しい気持がしたと云った。

カンタが殴られた二人組に復讐した、と云うのなら話はまだ納得が行く。ニシ・アズマもタエコも、何が何だか、とんと見当が附かなかった。そこで早速、山の駐在所へ行ってみた。

既に山の下のT市から、警官が何名か来ていて、駐在所の前に群る弥次馬《やじうま》を追っ払うのに一苦労していた。茲迄来ると、例の悪童連中がいて、殺されたのが黒襯衣の男だとか、色眼鏡が壊れていたとか改めて教えて呉れた。ニシ・アズマは暫く、黙って何か考えていた。

——でも変ね、と彼女は呟いた。カンタが黒襯衣の男を殺すなんて……。

それから何のためか眼鏡を掛け、タエコの腕を摑むと云った。

——いいこと？　あたしと共同戦線を張るのよ。

そしてタエコが呆気に取られている裡に、タエコと腕を組んだ儘警官の一人の前に出て行った。

——あたし、多分、その黒襯衣の男って知ってるかもしれませんわ。

警官は驚いてニシ・アズマを見たが、タエコの方はもっと吃驚した。警官は三、四人の同僚と何か相談していた。それから、兎も角この二人の若い女性を現場へ連れて行くことに決めたらしかった。

——大丈夫なの？　とタエコが不安らしく囁いた。

——大丈夫の心算になるのよ。

警官に案内されて行った現場には縄が張られ、茲にも何名かの警官が弥次馬を看視していた。弥次馬のなかには、

――あの女がやったのか？

なんて失礼なことを云う奴もあって、タエコは消えて失くなりたかったが、ニシ・アズマは十四号の小屋に這入る前、その辺りの地面を眺めたりした。彼女を犯人と思った者があれば、いやに落着き払ってやがるなと思ったかもしれない。

狭い小屋のなかには、中年の背広姿の男が二人と、肥って髪の半白の警官が一人いたが、これが一番偉いらしかった。彼は既に案内役の警官から話を聞いていて、這入って来た二人を見るとちょっと微笑した。

――ヨシノさん――これはタエコの姓である――のお嬢さんとその御親戚の方だそうですな、と肥った警官が云った。お父さんはよく存じていますよ。何しろ、この高原の草分ですからね。

――はあ、とタエコは掠れ声で云ったが、父親の知人と云うので些か気が楽になったらしかった。

肥った警官は、見たくないだろうが、一応見て欲しいと云って屍体に掛けられた布を取らせようとした。すると、二人の女性は狼狽てて屍体に背中を向けてしまった。

――ちょっと、ニシ・アズマは屍体に背を向けた儘云った。あたし、このひとがどこで殺されたか知りたいんですの。

——どこで？　そりゃまた何故です？

——じゃ、申しますわ……。

と冒頭《まえおき》して、ニシ・アズマは、昨日、渓流の所で起った小事件を詳しく話した。色眼鏡の黒襯衣の男を見たことも、無論、忘れなかった。

——ははあ、と肥った警官が云った。それで、あなたの仰言りたいのは……？

——あたし、カンタが黒襯衣の男を殺したって云うのがよく判らないんですの。どこで殺したのかしら？　また、何故殺したのかしら？

——前の路です、血の跡があるんでね。一突きで殺されたらしい。

——まあ、とニシ・アズマは急に嬉しそうな顔をした。路のあれは、矢っ張り血の跡だったのね。じゃ、矢っ張りカンタじゃないわ。

——カンタじゃない？

——だって、考えて御覧なさいな、カンタにこんな男を小屋へ運び込むことが出来るかしら？

——うむ、と肥った警官はちょいとばかりこの小柄の若い女性に興味を持ったらしかった。成程、そりゃわれわれも考えている所です。しかし、奴《やっこ》さんは二人の人間に挙動不審の所を見られています。おまけに、今朝押収《おうしゅう》した奴さんの襯衣にはちゃんと血が着いていて、その血がどうもこの男の血らしいことが判った。

――で、カンタは何と云ってますの？

肥った警官は、どうも厄介な女性が現れたと云う顔で苦笑したが、傍の背広の男を振返ると眼顔で話すように云った。

中年の背広の男は――これがカンタを訊問したらしかった――矢張り、ちょいと苦笑してこんな話をした。

カンタは昨夜遅く、確かにキャムプ村に行った。目的は昼間受けた侮辱に報いるため、二人の男を殺そうと思ったからである。

――あら、とニシ・アズマが遮った。どうして二人がキャムプ村にいるって判ったのかしら？

――それは二人の男が、口惜しかったらキャムプ村の十二号に来い、と云ったそうです。

――十二号……ね。

カンタはその十二号の小屋に着いた。暗くて誰もいないらしかったが、寝ているのかもしれぬと思って試みに扉を押すと扉は簡単に開いた。そこでそっと這入り込んで見ると、途端に何かに躓《つまず》いて転んだ。ところがそれが人間らしく、而《しか》も死んでいる人間らしいと判ったら、人殺しどころか無性に怖しくなって逃帰って来た。

――と云うのが、カンタの話です。

――じゃ、矢っ張りカンタじゃないわ。

——そう簡単には行かない、と肥った警官が云った。カンタは十二号と云うが、茲は十四号です。現にわれわれは十二号も見たが、殺された男が置いてあったと思われる痕跡は一つも見附からなかった。事実、十二号には二人の若い男がいます。昨夜もそこで寝ている。ところが、茲は二日前から空いている。

——そうすると、どう云うことですの。

——つまり、カンタは十二号と十四号と間違えたらしいですな。黒襯衣の男が空いているのを幸い茲に這入り込んでいたのを、カンタが十二号の男だと思って殺して……。

——このなかでですの？

——いや、路に呼び出したのでしょうな。

——それから運び込んだんですの？

——どうも、と肥った警官は苦笑した。なかなか強硬ですな。もう、屍体は見て頂かなくても宜しいでしょう。そろそろ、お引取り願いますかな。

ニシ・アズマは腕組をして何か考えていた。肥った警官が窓から何か合図すると、一人の警官が二人を連出しにやって来た。そのとき、ニシ・アズマが云った。

——ね、もう一つだけ教えて下さいな。カンタは十二号に行ったと云ってるんですの？

——そうです、と背広の男が云った。本人は絶対に十二号に間違無かった、と云ってますがね。何しろ明りを持ってないから、絶対に間違無かったとは云えませんな。

二人は警官と一緒に外へ出た。弥次馬共が一斉に二人の周囲に寄って来たので、警官が二人を庇《かば》わねばならなかった。やっと二人が人垣の外に出たとき、二人の傍には悪童達が三人ばかり立っていた。

——どうしたの？　派手にやるじゃないか。

昨日、喫茶店でタエコに悪戯の計画を話した少年が訊ねた。その顔を見たとき、ニシ・アズマは突然、眼を輝かせた。それから、逆にこう訊ねた。

——ね、昨日云ってた悪戯やってみた？

——うん、と彼はにやにや笑った。夕方、早いとこやっちゃった。

ニシ・アズマは立札の方を見た。

——あれが移した所？

しかし、少年の答に依ると、もっと左に移して置いたのに今朝来てみたら元に戻ってしまっていたと云うことになった。ニシ・アズマは黙って少年を見た。それから彼女はタエコに何か耳打した。二人が同時に少年の左右の腕を捉えたとき、少年は大いに面喰ったらしかった。ニシ・アズマは少年に云った。

——何でもないの。逃げちゃ駄目。逃げるとお巡りさんに摑まえて貰うわよ。それよりあたし達の方がいいでしょう？　何でもない顔をして、ただ立札を動かしたことだけ云って呉れればいいのよ。証明して呉れればいいの。カンタが助かるんですもの。

肥った警官は、先刻の二人が今度は少年を三人も連れて引返して来たのには、更に、重大な証言を聞いて呉れと云われたのには、ひどく呆気に取られたらしかった。しかし、その結果は、と云うとカンタは釈放され、その替り意外なことに十二号の二人の若い男が黒襯衣の男を殺した容疑で捕えられてしまったのである。二人の若い男と黒襯衣の男の間に、如何なる経緯があったのか、茲では申上げる余裕が無いのを残念に思う。ただ、黒襯衣は二人を狙い逆に殺されたとだけ申上げて置く。

その日の午后、ニシ・アズマはこっそり散歩に出た。こっそり――しかし、タエコが附いて来た。二人は別荘から離れた山路を歩いて行った。タエコが訊ねた。

――ね、どうして立札に気が附いたの？

――だって、暗い所で明りも無しに小屋を探すとなると、何かを目標にするんじゃないかしら？　何か――あのキャムプ村なら立札から右へ何番目とか左へ何番目の何列目とかって……。カンタは明りを持っていなかったのに、間違無く十二号に行ったと云うんでしょう。そうするときっと前以て十二号の小屋を、立札を基準にして調べといたに違いないと思ったの。そして実際その通りに行ったのよ。ただ、立札の方が移動していたのを知らなかったって云う訳よ。

――まあ……。

――でも、これもあの悪戯小僧の顔を見たから、急に気が附いたことよ。それ迄、どうして十二号が十四号になってしまったのか、見当が附かなかったの。

二人は山路を歩いて行った。歩いて行くと路が曲り、二人の正面に遠く雪を頂くアルプスが見えた。風は心地良く肌に触れ、人を追憶に誘うかのようであった。

——カンタがヤマメをどっさり釣ってアズマさんに上げるって云ってたわ。

——そう……？　ニシ・アズマは遠い連峰を眺めて云った。ね、こんな詩知ってる？　今日つくづくと眺むれば、悲しみの色口にあり、って云うの。

——知らない。誰の詩？

——誰だったかな？　忘れちゃった。

そしてニシ・アズマは内心その詩を続けた。たれもつらくはあたらぬを、なぜに心の悲しめる……と。

タエコは掠れたアルトでシャンソンを口誦んでいた。

靴

読者のなかには、ニシ・アズマが学校の屋根裏で午睡を愉しむ傍《かたわ》ら、こっそり絵筆を取る趣味の持主であることを御存知の方もあるかと思う。また、その絵は、無審査なら兎も角、苟《いやしく》も審査が行われる展覧会に出品されたら間違無く落っことされる運命にある程度の絵だ、と云うことも御承知かと思う。しかし、そんなことは我がニシ・アズマにとってはどうでもいいことである。賢明なる彼女は、間違っても展覧会に出品する筈は無いのだから。

ところが、彼女の友人、ミナミ・タキコの場合は違う。彼女はニシ・アズマと女学校時代の同窓生であるが、女学校を出ると美術学校――と云うより芸術大学と云うべきだが――に入り、卒業后も精進《しょうじん》を怠らなかったものらしい。著名な洋画家H氏やN氏の主宰する会に出品し、見事入選したばかりか努力賞と云う奴を頂戴した。

余程、嬉しかったのだろう。ミナミ・タキコはニシ・アズマの勤務先のA女学院に電話を掛けて寄越した。

――是非見に来て頂戴。切符送ってもいいけれど……。ああ、それより、あさってはどう？

あたし、会場に行ってますから。二時頃、受附の所にいるわ。

ニシ・アズマが「あさって」の時間を見ると、旨い具合にその日は午后が空いているのが判った。そこで歓んでミナミ・タキコの傑作を見に行く約束をした。

電話を切ると、彼女は何となく彼女の気に入りの屋根裏に上って行った。しかし、午睡をするためではない。描き掛けの自分の絵が見たくなったからである。屋根裏には、彼女の描き掛けの絵が、ちゃんと画架に載っていた。

——これ、なあに？

この絵を見たヨシオカ先生が訊いたとき、彼女は悪戯っぽく笑った。

——何だと思って？

——さあ、何かしら、訳が判んないわ。

それは画面一杯をどこやらの街の地図らしい奴が占領していて、その右上方にはパイプが一本、真中には短刀が一本、左下方には拡大鏡が一箇描き添えてあったが、まだ半分しか色が塗ってない。ニシ・アズマが尤もらしい顔をして、

——これは「S・H氏の追想」って云う題よ。

と云ったとき、ヨシオカ先生は暫くぽかんと口を開けた儘でいた。それから首を振ってこう云った。

——あたし、判んない絵って苦手よ。それにこれはパイプらしいけど里芋にも見えるじゃな

いの。この短刀は大根みたいだし、この拡大鏡は、そうね、玉葱《たまねぎ》かしら？　そうだ、あたしなら、この絵に「八百屋のある街」って題を附けるわ。

屋根裏に這入って、そのヨシオカ女史の批評を想い出すと、ニシ・アズマは独りでくすくす笑った。彼女に云わせると、その街の地図は他でもない、ロンドンはベエカア街を示すものに他ならなかった。ベエカア街、に加うるにパイプ、短刀、拡大鏡と来ると、S・H氏は余人ならぬシャアロック・ホオムズ先生を指すことになる筈であった。

――でも妙ね、とニシ・アズマは独言を云った。そう云えば何だかこのパイプはパイプよりも里芋に似て来たわ。


九月になると美術のシイズンが始る。上野《うえの》では展覧会が相次いで開催されるが、ミナミ・タキコの出品したK会の展覧会場は都心のデパアトであった。会員数も尠いし、出品数も尠い。また会場の都合で大作も無いが、錚錚《そうそう》たる会員が並んでいて、いつも相当の反響も呼ぶのである。このときも御大のH氏が風景画を出品していて、これが小品ながらH氏の澄んだ心境を示したもの――と云うのは美術評論家の言であるが――として評判が高かった。

ニシ・アズマが観に行く約束をした日は、好く晴れた暑い日であった。その日、彼女はそのデパアトに一番近い駅の改札口附近に立っていた。矢張り女学校時代の友達で一緒に観に行こうと云うのがあって、待合せることにしたのである。

暑い日であるが、街には相変らず人が沢山出ていて、電車が頻繁に到着する度に改札口から人がぞろぞろ出て来る。しかし、友人は一向に現れない。時計を見ると、一時四十五分である。約束は一時半だから、もう先に行ってもいいような気がした。しかし、五十分迄待つことに決めて、彼女は構内の柱に凭れ掛った。

――何だい、ランデ・ヴゥかい？

彼女はひどく吃驚して振返った。振返って相手を見た途端に、ニシ・アズマは狼狽てておお辞儀して笑った。彼女の前に立っているのは、三十四、五の男で、油を附けないもじゃもじゃの髪の持主である。肥っていて汗かきなのだろう。大きなハンカチで頻りに顔を拭いていた。

――まあ、吃驚した。御無沙汰しております……。

――暫く。元気かい？

――はあ。でも、厭ですわ。ランデ・ヴゥかいなんて……。

――何だ、そうじゃないのか？　そりゃ、つまらんね。

肥った男は、彼女の女子大時代の先生である。学生の頃、ニシ・アズマ達は彼をハムちゃんと呼んでいた。ハマムラ助教授のハマムラが転じてハムになったと云うのは表向きの理由であって、どうやら本当の所は豚肉に縁があると云った方がいいらしかった。しかし、ハムちゃんは暢気《のんき》な性格のためか、学生達には評判が好かった。

――ランデ・ヴゥじゃないとすると、同性との待合せかい？　お母さんじゃないだろう？

友達かい？

ニシ・アズマは友人のミナミ・タキコのことを簡単に説明した。その展覧会を観に行くために友人と待合せていると云うと、ハムちゃんは、

——成程、じゃ失敬。

と、いとも簡単に歩き出した。ニシ・アズマは急いでハマムラ先生を呼び留めて、一緒に展覧会を観に行かぬかと誘うと、今度は呆れるぐらい簡単に同意した。ちょうどそこへ、遅刻した友人のヒガシ・ケイコが姿を現した。

——ごめん、ごめん、とヒガシ・ケイコは云った。

それから、遅くなった理由だとか、久し振りでほんとに懐しいとか散散お喋りした挙句、傍に立っているハムちゃんを見ると面喰った顔をして、低声でニシ・アズマに訊ねた。

——お知合の方？

ニシ・アズマが紹介するとヒガシ・ケイコは、ああら、と頓狂な声をあげた。そのため、三人の傍を通り掛った二人の男女が吃驚して振返った。男はまだ若いが、片足が悪く、片方の黒い靴の側面を地面に着けて——つまり、靴の裏を外に向けて——跛《びっこ》を引いていた。女も若く、男より寧ろ背が高いくらいで、赤い靴を穿いていた。二人は三人を振返ると、顔を見合せ、直ぐまた歩いて行ってしまった。

——さ、早く行きましょう。

ニシ・アズマはにやにやしているハムちゃんと、ひどく極《きま》りの悪そうな顔をしているヒガシ・ケイコの二人を促した。すると、ハムちゃんが、車で行こう、と提案した。無論、女性二人に異議のあろう筈は無かった。

三人がPデパアトの七階の会場に辿り着いたときは、二時十分過ぎになっていた。受附の所にいたミナミ・タキコは、ニシ・アズマとヒガシ・ケイコを認めると、小走りに駈寄った。

——まあ、よく来て下さったわね。ゆっくりしてって頂戴。

なんて云うのを聞いていると、この会場は彼女のものかとも思われた。おまけに、ニシ・アズマの恩師のハマムラ先生が、わざわざやって来たことを尠からず光栄に思っているらしかった。

——ほんとによくお出で下さいました。あたし、先生のお書きになったものの愛読者ですの。ほんとに啓発《けいはつ》されますわ。

——いや、とハムちゃんが云った。そりゃ、僕の親爺の書いた奴でしょう。僕はまだ一冊も本を出してないから……。

——あら？

ミナミ・タキコは赧くなって俯《うつむ》いた。しかし、彼女の頓狂な声には近くの人がみんな振返って見た。ヒガシ・ケイコはくすくす笑ったが、ハムちゃんが、

——今日はどうも、女性がよく驚く日だな。

なんて云ったので、些か妙な顔をした。

それから、三人はミナミ・タキコの案内で会場を見て廻った。評判の高いと云うH氏の絵は受附から少し行った所にあった。海の見える街が描いてあって、そこには何人かの見物人が立っていた。

ミナミ・タキコの絵は、それから更に左に折れて行った奥の方の壁に架っていた。青い馬が立っていて、その傍に黄色の裸の少女が立っていて、空には赤い月がかかっている絵で、題は「失われた日のために」と云うのである。

——へえ、「失われた日のために」か……。どう云う意味かね？　大分文学的だな。

ハムちゃんが首をひねった。しかし、ニシ・アズマもヒガシ・ケイコもそんな失礼なことは云わなかった。ヒガシ・ケイコは、

——まあ、素敵ね。

と大いに称讃を惜まなかったし、ニシ・アズマも、いいわね、と讃辞を呈するのを忘れなかった。ハムちゃんは、二人の言葉でやっとその絵がミナミ・タキコのものだと気が附いたらしい。

——何だ、これがあなたの絵でしたか？　じゃ、なかなかいいや。

と、頼り無い讃《ほ》め方をした。それでも、ミナミ・タキコは嬉しそうな顔をしていた。

会場が狭いから、全部観てしまっても二十分と掛らない。尤も、そう叮嚀に観た訳でも無か

った。四人は、もう一度、ミナミ・タキコの絵を眺め、それから、会場の奥の方に作られた休憩室で休むことにした。休憩室は衝立《ついたて》で仕切られていた。休憩室——と云っても、一般の見物人には開放されておらず、K会関係の人が専ら用いているらしかった。

——今日は暑いわね。

四人は椅子に坐った。そのとき、一人の小肥りの中老の紳士がちょいと休憩室を覗込んだ。するとミナミ・タキコがぴょこんと立上ってお辞儀した。中老の紳士は、やあ、と鷹揚に点頭くと、D君は来なかったかしら？　と訊ねた。

——いいえ、今日はまだ……。

——そう、じゃ、来たら僕は今日は帰るからと伝えて下さい。

そう云うとその紳士は行ってしまった。

——あれがH先生よ。

ミナミ・タキコは低声で三人に教えて呉れた。四人はそこに坐って、ざっと十分ばかり、お喋りした。尤も話題は矢張り、いま観たばかりの絵の批評になることが多かった。その間、ニシ・アズマはときどき衝立の下から会場の方を見たりした。衝立の下が二尺ばかり空いていて、会場が——と云うよりは会場にいる見物人の足が見える。それを見ていた。別に理由は無かった。足を見て、その履物の主をちょいと想像してみたりする興味がある、と云えば云えぬことも無かった。

そのとき、彼女は——おや、と思った。それは並んだ二人の人間の足であった。一人は女で赤い靴を穿いていた。脚はかなり恰好が好い。もう一人は男で灰色のズボンの下に黒い靴が見えた。黒い靴が——しかし、その片方は靴の側面を床に着けて——つまり、靴の裏側を外に向けて、横倒しにした恰好になっていた。

——あら、さっきのひとかしら？

ニシ・アズマは考えた。黒い靴と赤い靴は順順に見て廻っているらしく、やがて見えなくなった。しかし、二分と経たぬ裡に、また戻って来た。横倒しの恰好の黒い靴は、他の黒い靴のなかにあっても見誤る筈は無かった。二人はしかし、今度は順順に見ているのではなかった。何か、特別印象に残った絵を、もう一度見るために戻って来たらしかった。二人の足は、中央の辺りに立った儘、暫く動かなかった。その辺りには、他ならぬミナミ・タキコの「失われた日のために」もある筈であった。若《も》しかすると、二人に特別の印象を与えたのは、ミナミ・タキコの絵かもしれない。その間にも、次つぎと白い靴だとか茶の靴だとか、ズックの靴だとか、草履だとか、順次に動いて来てはまた消えて行った。

ニシ・アズマが黒い跛の靴に気を取られている間に、三人の間では話が妙な方向に逸《そ》れたらしく、ハムちゃんが暢気な声で弁じていた。

——兎も角、人類の歴史は二十世紀で終です。人間はみんな死んでしまう。さて、何が残るか？

——あたしは、人間はそれほど莫迦じゃないと思いますわ、とヒガシ・ケイコが云った。そりゃ、原子力だって有効に使って……。

——そうそう、人間がみんな死んだら残るのは蚯蚓《みみず》だそうだ。尤も、こりゃ僕の意見じゃなくてアナトオル・フランスって云う爺さんの意見です。しかし、その頃はまだ原子爆弾なんて無かったけれども……。

その頃、会場の黒い靴と赤い靴の二人はもういなくなっていた。ところが、妙なことに——妙ではないかもしれぬが——今度は赤い靴だけが戻って来たのである。他の赤い靴かもしれなかったが、左の踵の上方に黒く汚点が附いている赤い靴がそう沢山ある訳は無かろう。赤い靴は、今度はひどくゆっくりと歩いていた。赤い靴と一緒に他にも見物人が歩いているが、赤い靴はそのなかで一番ゆっくり歩いていた。その裡に、ニシ・アズマの眼に入るのは、その赤い靴だけになってしまった。すると、その赤い靴が、壁に近寄った。壁に——つまり絵に近寄ったのである。それは矢張り、特別の印象を与えた絵をもう一度叮嚀に見るためかもしれなかった。

——蚯蚓ですって？　と、そのとき休憩室ではミナミ・タキコが喋っていた。厭だわ。あたし、蚯蚓って嫌い、それに鼠の死んだのも大嫌い。

——左様、とハムちゃんは依然として暢気な調子で云った。あんまり、好きな人はいないようだな。尤も支那じゃ、鼠の仔を食べるって云いますね。何でも何日間か蜜を舐めさせといて、そいつを生きてるまんま、ぺろり、と……。

——止めて。

二人の女性は両手で耳を押えて、大袈裟な悲鳴をあげた。ちょうどそのとき、会場からも頓狂な声が聞えたのである。ニシ・アズマは立上った。ハムちゃんも立上った。

——全く、今日と云う今日はよくよく女性の驚く日だな。

と呟きながら。

——たいへん、たいへん。

四人が会場へ出たとき、赤い靴を穿いた一人の若い女が、一枚の絵の前で叫んでいた。声を聞いて、見物人が何人も駈けて来た。

——あらあ……。

ミナミ・タキコはそう叫んで危く卒倒しそうになったのを、ハムちゃんが支えてやった。狭い会場だから、忽ち見物人が全部集って来た。集った連中は、何れもひどく驚いていた。努力賞と云う銀紙の貼られたミナミ・タキコの「失われた日のために」の画面に、何か赤いものがくっついていたから。

——何だね、こりゃ？

一人の男が調べて見て、赤い布を留針で画面に留めたのだと判った。

——責任者はどこだ？

云われる迄も無く、責任者らしい中年の男が急いでやって来た。受附の女性迄覗きに来たが、その男に叱られて戻って行った。責任者の男は画面を注意深く見て、それから留針を抜取った。留針が抜取られてみると、画面にはぽつんと文字通り針の先で突いたほどの穴が開いたばかりで、余程の物好きでもない限りそんな穴は発見しないだろう、と思われた。

——一体、何だってこんなことをしたんだろう？

ハムちゃんが訝《いぶか》ると見物人達も一斉にお喋りを始めた。赤い靴を穿いた若い女は、「失われた日のために」が気に入ったので見に戻って来たら、その布がくっついていたのでとても驚いたのだ、と説明した。

——誰が附けたのか？

しかし、誰も自分がやったと云う者はいなかった。また既に見た人は誰もが、自分の見たときには確かにそんなものは附いていなかった、と保証した。会場には、女性の監視人——とでも云うのだろう——が何人か配置されていたが、彼女達にも落度は無いらしかった。らしかった——と云うのは、ほんのちょっとの間であるが、生理的要求に応ずるため、一人が場を外したのである。しかし、それを咎め立てするのは酷と云うものだろう。その一人が、偶偶《たまたま》「失われた日のために」の架けてある一帯を見渡せる位置にいた人間だった、と云うのは運が悪かったと云う他無い。

——悪質の悪戯ですな。しかし、動機が判らん。何故こんなことをしたのか……。

ハムちゃんが呟いた。ミナミ・タキコは、最初赤インクでもかけられたのかと思って卒倒し掛けたのだ、と云った。無論、彼女自身、そんなことをされる覚えは無かった。ところがそのとき、監視人の一人が駈附けて来て、何か責任者に耳打した。

——何だって？

彼は跳上らんばかりに驚いて走って行った。見物人は弥次馬に早替りしてその後を追った。そして、一同はＨ氏の絵の所が空間になっているのを発見したのである。

——……。

責任者は暫し茫然自失の態であった。それから、何やら矢鱈に喚きながら、受附の方に走って行った。あとに残った弥次馬達は、責任者が行ってしまうと、がやがやうるさく騒ぎ出した。

——どうも、たいへんな日に見に来たもんだな。

ハムちゃんは大きなハンカチで首筋を拭きながら呆れていた。やがて一同にも判ったことは、赤い布の出来事でちょいと持場を離れた監視人が、自分の職務を想い出して急いで持場に帰り、その出来事を考えながらひょいと壁面を見ると、Ｈ氏の絵が失くなっているのに気が附いた。夢ではなかった。まさしく消えていたと云うのである。

——あら、とヒガシ・ケイコが云った。そう云えばニシさんはどこに消えちゃったのかしら？

——ほんと、いるとばっかり思ってたけど……。

――へえ、ニシ君迄消えちゃったとは驚いたな、とハムちゃんが云った。ははあ、さてはニシ君がＨ氏の絵を持逃げした犯人かもしれませんよ。

無論、冗談だったが、二人の女性はこんな冗談にもどきりとするぐらい昂奮していた。だから、三人で受附の方に歩いて行ったとき、何だか絵らしい大きな風呂敷包を抱えたニシ・アズマが外から受附の方に歩いて来るのを見て、危く腰を抜かさんばかりになったとしても無理は無かった。おまけに彼女は、三人には馴染の無い、顔に似合わぬ大きな眼鏡を掛けていた。

――はい、盗まれ掛った絵よ。

ニシ・アズマは絵をミナミ・タキコに渡して云った。

――あなたが渡して下さいな。この問題は内密にした方がいいわ。もし、責任者の人が公にすると云ったら、直接Ｈさんに、サジさんのことですけれど、って云えばいいの。

それから、彼女は会場を出て行く一人の若い女――赤い靴を穿いた女を見ると低声で囁いた。

――お兄さんが、横の出口で待っててよ。

赤い靴の女は眼を丸くした。横眼で大きな風呂敷包をちらりと見遣《みや》ると、慌《あわただ》しく出て行った。

それから三十分后、四人はそのデパアトに近い或る喫茶店に坐って冷い飲物を飲んでいた。

――つまり、偶然に過ぎないの、とニシ・アズマが話していた。ヒガシさんが遅刻しなきゃハムちゃん、あら御免なさい。ハマムラ先生にお眼に掛れなかったし、ハマムラ先生がいらっしゃらなきゃヒガシさんも頓狂な声を出さなかったでしょうし、頓狂な声を出さなきゃ、あの二人も振返らなかった訳よ。

——休息室で休んでるとき、衝立の下からあの二人の靴が見えたの。きっと、二人は近くにはいても連みたいな顔はしなかったに違いないと思うわ。偶然、同じように行動している人間みたいに振舞ったと思うの。だから、会場の人が見ても、きっと他人同志と思ったかもしれないわ。でも、あたしは知ってたの、だって駅の所で会ってるんですもの。

——最初、ミナミさんの絵を見て、二度目に戻って来たとき、二人は暫く立ってたけれど、あのとき「失われた日のために」に決めたのよ。二人は少し間隔を置いて立ってたわ。多分、眼顔で合図したのよ。でも、そのとき、あたしは何も知らなかったのよ。ただ気に入った絵を見に戻って来たとしか思わなかった。

——その次は、女のひとが一人で戻って来たの。靴で判ったの。余程気に入ったのでもう一度一人で見に来たのか、と思ったわ。でも、莫迦にゆっくり歩いてるのよ。あたしが変だな、と思ったのはそのときなの。とってもゆっくり歩いて他の人をやり過させといてあとには誰もいない、見ていない瞬間を狙って、赤い布をピンで止めたのよ。それから大声で騒ぎ立てたって云う訳。旨い具合にちょうど監視人も席を外していたのよ。

——みんな吃驚して駈附けるわね、Hさんの絵の所には一瞬誰もいなくなるわ。チャンスよ。

跛の人は急いで絵を風呂敷にくるんで出て行ってしまう。ほんと、受附の人もいなかったわ。

ニシ・アズマの話を聞いていた三人は、ふうん、と鼻を鳴らした。ハムちゃんが訊ねた。

——で、何かい？　君は直ぐ絵が盗まれるって気が附いたのかい？

——いいえ、盗まれるとは判りませんでしたわ。でも赤い布を見たとき、あのひとの足しか見えない以上、あの女が附けたのだと思う他無いでしょう？　そのとき咄嗟《とっさ》に、これはもっと他のことが目的なのだと思ったの。で、直ぐ受附の方に急いで行ったら、あの跛の人がちょうど出て行く所だったわ。で、呼び留めてあたし達、屋上で少し話したの。最初は何だか怕《こわ》かったけれど……。

ミナミ・タキコが訊ねた。

——でも、何故、あたしの絵を撰んだのかしら？　気味が悪いわ。

——場所が良かったのよ。一番奥の方ですもの。それともう一つは絵の名前が良かったの。「失われた日のために」って……。

——名前が？　どうしてかしら？

ニシ・アズマはちょっと笑った。

——ね、あの二人は兄妹なのよ。そして、Hさんに敵意を持ってて、復讐を考えていたのよ。何故って、そうね、或る一人の女性に関して、とでも云うのかな……。だって、あたしも詳しく話してる暇は無かったからよく判らないし、それに、あんまり公表したくないんですもの。

ニシ・アズマが云わぬ限り、この暑い好く晴れた九月の或る日、Pデパアトの屋上で二人の間にどんな話が交されたか当分判らないかもしれない。多分、その話を聞いたのは屋上を吹渡った風だけかもしれない。

——そうそう、君はいつから近眼になったんだね？

ハムちゃんが訊いた。掛けていた大きな眼鏡を外したニシ・アズマは笑って答えた。

——外すと直っちゃうんです。

そう云いながら、彼女は想い出した。跛の若い男の眼に涙があったのを。そして、屋上を吹く風には秋の匂があったのを。

スクエア・ダンス

山の手のM駅から徒歩で十分ばかり行くと、樹木の多い、昼でもひっそりした住宅地になる。戦災でやられなかったためか、古い家が並んでいて、なかには相当大きな邸宅もある。試みに甃《いしだたみ》の古びた道を歩いて行くと、春先だと桜の花が散り掛る筈である。夏だと蟬の声も聞えるだろう。そして秋には、黄ばんだ葉や紅らんだ葉が、古びた甃の道や家と妙に調和を保って静かな雰囲気を作り出しているのに気附くだろう。

いつだったか、雨の降る夜、この道を二人の若い男が歩いていたことがある。二人は、一本の傘に肩を並べて、街燈の灯の濡れる甃の道を歩きながら、

——何だか、如何にも秋と云う感じじゃないか?

——うん、全く秋らしい道だね。

なんて話していた。

しかし、その日、H家にやって来た連中は、その道が如何にも秋らしい雰囲気を漾《ただよ》わせているなんて云うことには、一向に無関心だったと云って良い。それは秋の好く晴れた日で、甃の

道に面したH家の大きな石の門を這入って行った人間は、ざっと二十人近くもいたが、何れも何やら陽気な顔附で、秋の道なんかどうでもいいらしかった。

ざっと二十人ばかりの人間は何れも若い連中だったが、何故、H家に若い男女が二十人近くも集ったのか？　Hと云うのは或る大会社の重役であるが、その一人娘のカナコが、今度、或る著名な小説家M氏の息子と婚約した。それを披露する意味で極く内輪――とカナコは云う――のパアティを催したのである。尤も、大掛りな奴は某ホテルで盛大に行われる筈になっていた。その大掛りな宴会には、若い連中を沢山呼べない。そこでこんなパアティが開かれたのである。

極く内輪――と云ってもカナコの知人が主であるから、集った男女が互にみんな知合と云う訳では無い。しかし、若い連中のことだから、また婚約披露と云う陽気な会のためもあって、一同が忽ち十年の知己のように親しくなったとしたところで不思議ではなかった。

その日、H家の広い応接間の不要の家具類は悉皆《すっかり》片附けられ、隣の部屋の大きなテエブルには飲物の他にさまざまな御馳走が並んでいて、誰でも勝手に摘《つま》んで頂戴すればいいようになっていた。応接間からは直ぐヴェランダに出られるようになっていて、ヴェランダの先には芝生の植った広い庭が秋の陽射を浴びていた。

――もう、皆さん、お集りかしら？

そう云ったのは、友人相手にお喋りしていたカナコである。会は二時からとなっていて、時刻は二時を十分過ぎていた。

——早いとこ始めて下さいよ。

そう催促する者もいた。事実、招んだ連中は大体集ったと云って良かった。そこへ、一人の痩せた中年の女性が這入って来た。その女性と挨拶すると、カナコは別室へ立って行ったが、二分と立たぬ裡に、一人の若い男と腕を組んで這入って来た。若い男はなかなかの好男子であるが、何やら照れ臭そうな顔をしていた。

——……。

カナコは説明しようとしたが、一同には既にそれが未来のカナコの亭主であると判っていたから、矢鱈に拍手したり、訳の判らぬ叫声をあげたり、口笛を鳴らしたりした。なかには、

——ジェラアル・フィリップ。

なんて冷やかす不届者もいた。未来の新夫なるM氏の息子タロオは頭を掻いて、益《ますます》照れ臭そうな顔をした。

それからカナコはもう一人の人物を、一同に紹介した。それは一番遅れて到着した中年の女性で、カナコの説明に依ると彼女の卒業した某私立小学校の恩師と云うことになった。紹介されたナカムラ先生は、ちゃんとその心算でいたらしく、頼まれもせぬのにざっと十分間ばかり落着き払ってテエブル・スピイチみたいなものをやった。これは主催者側のカナコや一、二の友人にとっては全く予期せぬことだったが、喋り出したのを止めて貰う訳にも行かない。なか

には低声で隣の者に、

――早くビイルが飲みたいなあ。

なんて囁く礼儀知らずもいた。

ナカムラ先生のテエブル・スピイチは、事実、この会に相応《ふさわ》しくなかったと云わねばならない。何しろ、彼女は――もう四十二、三歳になるらしいが――何かの手違で二人の結婚披露宴と錯覚していたのである。彼女はカナコとタロオを新郎新婦と呼び、その新婦が小学生時代如何に優秀な生徒であったかを多数の例を挙げて説明して、最后にこう云った。

――形式的な、そのくせ真心の籠らぬ披露宴の多いなかで、こんな気楽な若い方がただけがお集りになってやる披露宴こそ、本当に心の籠った美しい披露宴と申さなければなりません。私はいままでもお子様をお預りしておりますし、またいま迄お預りした方で結婚なさった方もあれば、これから結婚なさる方もあります。私はその人達に、結婚なさるときは、このような披露宴こそ理想的なものだと教えて差上げたいと思います。まだまだ、申上げたいことは山ほどございますが、あとの方のお話もあることと存じますので、たいへん、簡単ではございますが、この辺で終らせて頂きます。ほんとに今日は、カナコさん、お芽出度うございます。

このテエブル・スピイチが終ったとき、一同は手を叩いたが、一同何だか呆気に取られた顔をしていた。カナコとタロオの二人も、何やら中途半端な顔をしていた。ナカムラ先生は「あとの方のお話もあること」云云と云うが、初めから話なぞ無い予定であった。しかし、そのとき、カナコの友人でこの会の世話役をしている小柄な女性が立上ってこう云った。

——じゃ、未来の花嫁花婿のために乾杯いたします。

一同は俄《にわ》かに活気附いて、直ちに乾杯が行われた。何しろ最初の予定では固苦しいことは一切抜きで、食って飲んで踊ると云う会の筈だったから、ナカムラ先生の意外なテエブル・スピイチに面喰った一同も、極めて自然にその会本来の趣旨に適《かな》う方向に行動を開始した。つまり、ハイボオルやビイルのグラスが次つぎと空けられ、高く積まれた御馳走の山は忽ち低くなり、レコオドは陽気なメロディを流し始めたのである。

唯一人、ナカムラ先生だけは目をぱちくりさせて、果してこれが彼女が教え子に推薦するに足る理想的な披露宴かどうかと大いに考え込んでいるらしかった。しかし、これも長くは続かなかった。カナコ自身が、ナカムラ先生に事実を告げたから。ナカムラ先生は大いに驚き、且つ恐縮したが、根は暢気な人らしくやがて笑い出した。笑い出すと笑が止まらないらしく涙迄浮べて笑った。尤もそれは、飲馴れぬハイボオルをジュウスと間違えて一息に半分以上も飲んだせいでもある。と云うのは、彼女のテエブル・スピイチに欠伸《あくび》を噛み殺した一人の若者が、

——ジュウスをどうぞ。

と、彼女にハイボオルを持たせたからである。乾杯のビイルを一口しか飲まなかったナカムラ先生は、テエブル・スピイチの后で咽喉が乾いていた。半分ばかり飲干して、気附いたときは既に遅かった。だから、笑っているナカムラ先生はたいへん赤い顔をしていた。

一方、若い男女は忽ちの裡に入り乱れて、応接間はひどく賑かになった。しかし、この賑かな応接間の模様を詳しく説明申上げるには及ぶまい。いま迄知らぬ同志もひどく親し気に話し合ったり、踊ったりしていた。例えば、サンドイッチを摘んでいる三人の女性の会話に耳を傾けてみよう。

——タロオさんて、悪くないじゃないの。

——ほんと、でも、あたし、あのひとがいいわ。あれ誰？

——あれ？　あれはマミヤさん、ほらＳＳ商事の専務の息子よ。

——いい鴨ね。それじゃ……。

なんて、ちらりとコムパクトを覗く勇敢な娘さんもいた。事実、この勇敢なる娘さんは、それから一分后にはそのマミヤ君と肩を並べて、ハイボオルを片手に親しそうに話していた。更に三分后にはマミヤ君の胸に凭れて、うっとりした顔をして踊っていた。

無論、男性の方も大いに賑かにやっていたが、男性のなかで一番敏捷に動き廻っていたのはミヤケと云う痩せた小柄の男であった。彼は灰色の服を着た二十二、三の男で、まるで給仕みたいに一同の間をあちこちと動き廻っていた。集っていた連中が、まだ誰も全部の人間の名前を知らぬときですら、彼ばかりは一同に知られてしまっていた。

彼はテエブルの御馳走の山からカナペを皿に取ると、それを女性や男性の前に運んで行った。銀盆にハイボオルやカクテルを載せると——作るのは、カナコの知合の酒場のバアテンだったが——男達は無論、女性達にも勧めて廻った。ひどく愛想の好い笑を浮べながら。だから、十分と経たぬ裡に、男も女も彼を給仕と心得てしまった。

——おい、ミヤケ君、お替り下さい。

——ビイルですか？　ウイスキィ？

——ハイボオル。

——畏りました。

彼は素早い動作でハイボオルを運んで行く。

——ミヤケさん、ねえ、ちょっと、キャビアまだあって？

——ございます。

事実、彼自身、その給仕みたいな仕事を愉しんでいるらしかった。しかし、その裡、この給仕の動作が莫迦に危っかしくなって来た。いま迄素早く動き廻っていたのが、足許が蹌踉いたりした。つまり、他人に給仕する傍ら、自分にも適当に給仕したものらしく、人一倍動き廻ったためもあってかなり酔っ払ってしまったのである。

——ミヤケ君、ハイボオルだ。

——よし来た。

しかし、彼は危く踊っている一組に打《ぶ》つかってハイボオルを引繰り返しそうになった。実際のところ、ビイルのコップを引繰り返して自分のズボンを少しばかり濡らしさえした。

それでも彼は、一向にじっとしていようとはしなかった。未来の新郎なるタロオに向って、

——僕はあんたのお父さんの愛読者です。

なんて云って、タロオを苦笑させるかと思うと、カナコに向って、

——どうぞ、この焼鳥を一串受けて下さい。あなたの手はとても魅力のある手ですね。

なんて云ったりした。お蔭でカナコは、こっそり自分の手を見直したりした始末であった。

カナコばかりじゃない、大抵の女性は彼に、何かを讃美された。眼を、髪を、声を、鼻を、唇を、脚を、胸を……等等。誰でも讃められて悪い気はしない。況《ま》して、美しさを生命とする若い女性が——悪い気がする筈は無い。いま迄一向に美しいとも思わなかった自分の髪が、眼が、唇が或は本当に美しいのかもしれない、なんて錯覚を起しかねなかった。

ところが一人、例外があった。ナカムラ先生である。ミヤケ君もナカムラ先生には、何とも肉体的な讃美の対象を見出せなかったらしい。しかしハイボオルのお蔭で世の中が急に陽気に見えるようになったナカムラ先生に、ミヤケ君は陽気に話し掛けた。

——先生、よくいらっしゃいました。

——本当に、今日は有難うございます。愉しい会ですこと。

ナカムラ先生はミヤケ君に感謝の言葉を述べた。

——先生のテエブル・スピイチはとっても上出来でした、とミヤケ君は云った。全く、いいお話でした。

——あら、そうでしたかしら……まあ、嬉しいこと。

ナカムラ先生は眼を細くしてミヤケ君を見た。若いのに、良く出来た申分の無い人物と思ったのかもしれない。しかし、次のミヤケ君の言葉は些か意外だったかもしれなかった。

——踊って頂けませんか？

——何ですって？　何を頂けませんかですって？

——その……、とミヤケ君はちょいと間誤附《まごつ》いた。ダンスは如何ですか？

——あら、とナカムラ先生は頓狂な声で笑った。厭ですわ。あたしにダンスなんて。踊れませんの。スクエア・ダンスならやれますわ。あたし、学校でも教えてますから。

——そりゃいいですね。

ミヤケ君が云った。それから、二人は何やら三分ばかり話をしていた。すると、急にミヤケ君がぱちぱちと拍手した。一同は何事かと思って、ナカムラ先生とミヤケ君の方を見た。ナカムラ先生が隅の椅子から立上った。

——何だ、また演説か？

と呟く不平顔の男もいたが、ナカムラ先生は今度は演説をしたのではなかった。こんな好い天気なのだから、ひとつ庭に出てみんなでスクェア・ダンスをやろうではないか、と提案したのである。庭の芝生が綺麗だから裸足でやるといい、と。これは気分転換にはもってこいだと一同は考えた。それに、折角招んだナカムラ先生を一人坐らせて置かずに、その提案を一つぐらい実行に移さねば悪かろう、と云う意味もあった。

一同はヴェランダから黄ばんだ芝生の庭へと飛出して行った。無論カナコもタロオも、またミヤケ君も。ところが、酔っ払っていたミヤケ君はヴェランダから芝生へ降りるとき蹌踉いて転んだ。そうひどく転んだのではないが、足の筋が怪訝しくなったらしく、立上ったときは跛を引いていた。それでもスクェア・ダンスをやると云うのを、一同が留めた。

——酔っ払ってる上に跛引いてたんじゃとても駄目だよ。向うで休んでろよ。

——それがいいわ。休んで酔《よい》を醒して、またお給仕して頂戴よ。

ミヤケ君は不服らしい顔をしたが、一同の言葉に従って部屋に戻って休むことになった。部屋に戻る彼の足取は全く危っかしかった。スクェア・ダンスの仲間入が出来なくて不満だったのかもしれない。ヴェランダの上で一同を振返った彼は、大きな声で——デェエオオ、と怒鳴った。

芝生の上では、若い男女がナカムラ先生指導の下にダンスを踊っていた。芝生の上に運ばれたポオタブルの蓄音器から流れるメロディに乗って。男の連中は何れも上衣を脱いでいた。なかには、好い加減酔っていて、ダンスの調和を破る不心得者もいたが、一同は一向に気に留めなかった。明るい秋の陽射を浴びて、弾力のある大地の上で裸足で踊っているだけで愉しい気がしていた。最初は照れ臭そうにしていたタロオなぞ、最も熱心に踊る一人になっていた。

——これも案外悪くないね。

——うちの近所の奥さんで、小学校でやるスクェア・ダンスの会に、決って出掛けて行くひとがいるのよ。

——これなら僕だってやりたいよ。

——嘘ばっかり。

ナカムラ先生が注意した。

——そこのお喋りしてる組、間違えましたよ。

十五分ばかり一同が愉快に踊った頃である。途中で踊を止めて家の方に戻っていた女性の一人が、ヴェランダに姿を現すとカナコを呼んだ。カナコがヴェランダにやって来ると、その女性——小柄で愛嬌のある顔をした若い女性、賢明なる読者は、既にお判りかもしれぬ、他ならぬニシ・アズマであるが——はカナコに何か告げた。すると、カナコは吃驚して悲鳴をあげると、応接間に駈込んだ。慌しく部屋を見廻すと、彼女は再びヴェランダに飛出して一同に向って叫んだ。

——みんな、来て頂戴、たいへん。

一同はがやがや云いながら応接間に戻って来た。ナカムラ先生はダンスが中絶したことが面白くないらしく、何やら味気無さそうな顔をして一番後からゆっくりやって来た。

一同が集ると、ニシ・アズマが云った。

——ダンスの邪魔して御免なさい。でも、ちょっと変なことがあったものですから……。皆さん、皆さんの持物はちゃんとありまして？

——何だって？

一同は慌しく自分の所有物を点検した。女性は何れもハンド・バッグとか手提袋を覗いたし、男性は上衣のポケットを手探りした。すると、同時に、悲鳴や叫声で応接間はたいへんな騒ぎになった。何しろ、財布がみんな失くなっていたのである。なかには財布はあっても中身が失くなっているのもあった。

ナカムラ先生は、手提袋を持った儘危く腰を抜かし掛けていた。

一体、どうしたと云うのか？

無論、一同は直ぐその疑問を持った。一人の男が叫んだ。

——一体、ミヤケ君はどこに行ったんだ？

——彼奴だ。畜生。

——ミヤケさん、どうしたのかしら？

すると、ニシ・アズマの傍に来ていた白い上衣を着たバアテンが笑って云った。

——あのひとは帰りましたよ。飲過ぎて頭が痛いとか云って……。

——畜生、追っ掛けなくちゃ……。

——追っ掛けるには及びませんわ、とニシ・アズマが云った。これを御覧になって、御自分のを取って下さい。現金は間違えないように。余分に取っちゃ不可《いけ》ません。

彼女はテエブルの上に布を掛けてあった銀盆の一つの布を取去った。驚いたことには布の下には料理の替りに赤や青や色取どりの財布が載っていたのである。その他に、千円札や百円札が剝出《むきだ》しで載っていた。一同は一瞬啞然としたが、次の瞬間には狼狽てて自分の財布に手を伸していた。再びそれが消えるのを怖れるかのように。問題は現金であった。なかにははっきりした額を覚えていない者もあった。しかし、一度失くなったと思ったものが戻って来たため、何やら鷹揚な気持になっていたのかもしれない。百円ぐらいどうでもいい、なんて云う奇特な人間も出て来て、どうやら片附いてしまった。一体、一度消えた財布が、何故盆の上に載っていたのか？

ナカムラ先生は笑っていたが、笑いながらも納得の行かぬ表情でニシ・アズマを眺めていた。この小事件が納得の行かぬのは勿論だが、果してニシ・アズマが前から眼鏡を掛けていたかどうか、それがよく判らぬせいもあるらしかった。

――このなかでミヤケさんのお知合の方はどなたですの？

とニシ・アズマが訊いた。これには一同吃驚した。

――だってカナコさんの……。

――あたし、ミヤケさんってちっとも知らないの、とカナコが云った。誰かが連れていらしたとばっかり思っていたのよ。

一同は益吃驚した。一人の女性は、マミヤ君の友達だと思ったと云った。マミヤ君は頗る面喰って、タダ君の友人だと思ったと云うと、タダ君は狼狽してシイナ君の親友だと思っていた、と云う。結局のところ、ミヤケ君を知っていた人間は、一人もいないことになった。誰一人知らない筈の人間が、誰よりも早く一同に知られたと云うことが判って、一同は呆れる他無かった。なかでも、ミヤケ君にスクェア・ダンスをやれと頻りに唆《そそのか》されたナカムラ先生は、ハイボオルの酔も醒めたらしく、眼をぱちくりさせて、何やら考え込んでいた。

——多分、とニシ・アズマは云った。スクェア・ダンスでなければ、別に何か考えたに違いないわ。兎も角何か機会を作って、何か盗《と》ろうとしたとしか思えないわ。でも、もう終ったことですもの。また陽気にやらないこと。みんなだって、あのひとを給仕みたいに使ったでしょう?

世話役の彼女は、このパアティを愉快に続行させるのを義務と心得ていた。しかし、一同はこの事件に就いて知ることが重大事だと思っていた。ニシ・アズマが簡単に説明した所に依ると、何だかミヤケ君が怪訝しい気がするので応接間に戻って来たら、ミヤケ君が廊下へ出て歩いて行く所を見た。ところが彼は、跛も引かず蹌踉きもせず急ぎ足に歩いて行く。そこで早速バアテンに来て貰って、玄関でミヤケ君を摑まえた。ミヤケ君はいとも簡単に着服したものを差出した。そして警察に突出されると思っていたのに——事実、バアテンはそう主張したのだが——無事追放されたのに驚いて暫くぽかんと立っていた。

——何故、警察に突出さなかったの？
——だって、とニシ・アズマは眼鏡を外しながら笑った。これは、結婚の、あら、違った、婚約披露のお芽出度いパアティじゃないの。恩赦って云うものがあっても、悪くないでしょう？　ねえ、カナコさん。

その翌日の午后、カナコの家からさまで遠くない、甃の道を左に折れて二分ばかり歩いた所にあるこぢんまりした住居の庭で、五人の男女が白く塗られたテエブルに向って坐っていた。男は一人で、半白の肥った人物で、これは某新聞社に勤めているニシ・カンスケ氏である。賢明なる読者はその名前からしてこの人物がニシ・アズマに関係があるのではないかと思われるかもしれぬが、事実、これが彼女の父親である。一人は小柄な中年の婦人でニシ・アズマによく似ている。これは彼女の母親である。一人は、肉附のいい娘で、ミナミコと云ってアズマの妹である。彼女はニシ・アズマの卒業した女子大の学生で、将来はジャアナリストになりたいと思っている。あとの二人はニシ・アズマとカナコである。

晴れた日曜日とか休日、ニシ・アズマの家を覗くと、一家が庭で、白いテエブルに向っているのを見出すだろう。庭で食事する習慣になっているのである。この日は日曜日なので、庭で昼食を終って雑談している所へ、昨日の会の世話役である昔馴染のニシ・アズマに礼を云うべく、カナコが訪ねて来たと云う訳である。

ニシ・カンスケ氏は娘が探偵の真似みたいなことをやるのを歓ばない。だから、娘の彼女も家ではそんな話は殆どしない。しかし、この日はカナコがニシ・アズマの手柄話を大いに誇張して話してしまったから仕方が無い。カンスケ氏は、烟草を吹かしながら、ふんふん聞いていた。母親の方は吃驚した顔をしていた。ミナミコはひどく興味を持ったらしく身を乗出していた。昨日に劣らず好く晴れた日で、テエブルの上に桜の葉が舞って来たりした。

――ね、どうして、あのミヤケって云う男を変だと思ったの？

ニシ・アズマはちょいと肩をすくめて舌を出した。親父のカンスケ氏がいるから、ちょいとばかり照れたのかもしれない。

――どうしてって、あたしが変だと思い出したのは、あのひと見ていたらちっとも自分じゃ飲まないの。自分じゃ飲まないくせに、ひとにはどんどん勧めて、その裡に酔っ払っちゃったの。飲まないのに酔うって変じゃない。で、あたし、これは変だなって思った訳。酔った振りして何か考えているんじゃないかって思ったの。尤も、ひとには飲んでるように見せてたけど……。

――で、それとなくあなたに、あのひと知ってるって訊いたけど知らないって云うでしょう。それから、他に五、六人、男のひとに訊いたけど、みんな誰とかの友達らしいって云うだけで、誰もあのひとを知らないらしいじゃないの。吃驚したわ。でも、そんなこと云うのも変だから黙って見ていることにしたのよ。何しろ世話役って云うんだから責任があるんですもの。

――スクェア・ダンスをやることになって庭に出るとき、あのひと転んで足を痛めた恰好をしたでしょう？　そのとき、あたしには判ったの。あのひとの計画が、何だかはっきり判るような気がしたの。で、あたし、隣の部屋にいるバアテンさんに注意しといたのよ。こっそりあのひとを看視していて、変なことがあったら窓からハンカチで合図して呉れるようにって。そうしたら……矢っ張り変なことが起ったたって云う訳よ。

カンスケ氏が訊いた。

――一体、そいつは何者なんだい？

――誰も知らないのよ。

――どうして、そんな奴を入れたんだい？

――そりゃ簡単よ、女中さんは若いひとのパアティとしか聞いてないんですもの。堂堂と這入って呉れば叮嚀に案内するだけよ。

これにはカナコも同意見であった。ただ、何故ミヤケがその日やって来たか？　これは目下のところ解けぬ謎の一つであった。無論、どこかから話を聞いたに違いなかった。ミナミコは、姉さん、ちょいと凄いじゃないの、と云ったが、母親は、

――厭ですよ、女の子のくせに……。

と不安そうな顔をしたし、カンスケ氏も余り嬉しそうではなかった。世間の親と云うものは九十パアセントこれが普通なのである。そしてニシ・アズマも、自分の両親が例外の十パアセ

ントに含まれぬのを別に不満に思っていない。

——菊が綺麗ね。

カナコが云った。庭に咲く菊を見ながら、ニシ・アズマはふと、昨日ミヤケの云った言葉を想い出した。——お世辞でなく、あなたの眼は綺麗です、と。想い出すと妙に擽《くすぐ》ったい気がした。彼女もまた一人の女性に他ならないから。

赤い自転車

その日は休日であった。と云っても日曜とか祭日とか云うのではない。その前日がA女学院の創立記念日なので「大運動会」が開催された。従ってその日は、草臥《くたび》れ休と称する奴だったのである。ニシ・アズマは、かねてから、親戚の一軒ワダ家に行こうと思っていた。別に用事がある訳では無かった。強《し》いて云えば、もう三ケ月ばかり前にワダに遊びに行ったとき、急に雨が降り出して雨傘を借りて帰った。傘なんて云うものは、気になりながらなかなか返しに行けるものではない。うっかりすると全く忘れてしまったりする。

——あら、ワダで借りた傘、まだ借りっ放しになってるわ。運動会の翌日でも返しがてら遊びに行って来ようかしら……。

学校へ出るとき——雨の日であるが——傘立にワダの傘を見出して彼女はそう思った。ところが運動会が済んでその翌日、出掛に彼女は傘を忘れた。家から、一、二町歩いて想い出して取りに戻った。

好く晴れた日であった。好く晴れた日に、黒い大きな洋傘を持って歩くのはニシ・アズマにとっても些か恰好が悪かった。

——いいじゃないの。それいい傘なのよ。

と、彼女の母親はそう云って笑った。いい傘には違いなかった。何しろ、ワダの伯父なる人物がイギリスはロンドンで買い求めた代物だったから。尤も、買い求めたのは既に三十年も昔の話である。多分、骨がしっかりしているのだろう。いまでもちゃんと使える。張替えは何遍かやったのかもしれないが、どう見ても古めかしい傘には間違無かった。

ニシ・アズマはその傘を新聞紙で包み、更にデパアトの包装紙でくるみ、その上を紐で結んだ。それから、その大きな傘を持って再び家を出た。

駅迄行くと、彼女はワダに電話を掛けた。

——いまから伺います。傘持って……。

——待ってるよ。でも傘って何かしら？

ワダの伯母の訝《いぶか》るらしい声が聞えた。先方は貸したことを忘れているのである。

ワダの家は彼女の乗る山の手のM駅から途中乗換えて四十五分近く電車で行かねばならない。途中、彼女は電車のなかで、持って行った文庫本に眼を走らせたが、余り面白くもないので、ぼんやり窓外を眺めながら、昨日の運動会のことなど考えていた。運動会はたいへん盛大であった。ニシ・アズマは来賓及び教職員の百米競争に出て一等を取った。パン喰い競争にも出たが、これはびりから二番目であった。パン喰い競争のときには、A女学院院長のタナカ女史は、去年に引続き二年連続一等賞を獲った。

――何しろ、あの先生、口が大きいからなあ……。

なんて云う者もあったが、女史自身は此上無《このうえな》く御機嫌であった。

しかし、ニシ・アズマが考えていたのはそんなことより、彼女が手首に着けている時計のバンドのことであった。時計のバンド――と云うよりは時計のバンドを呉れた人間のことであった。ニシ・アズマが一等賞を取って息を切らしながら、人垣のなかに這入ったとき、

――先生、お芽出度うございます。

と、一人の女に挨拶された。ニシ・アズマは誰か一向に想い出せなかった。それは背の高い三十年輩の女であった。

――……？

誰方《どなた》でしたかしら？　と訊こうかどうかと迷っていたとき、相手はコオトのポケットから、ちらりと黒いハンカチを出して見せた。

――ああ。

ニシ・アズマは想い出した。もし読者にして記憶していて下さるならば、「黒いハンカチ」の女性を想い出されるだろう。そして、あんな女が運動会に何故のこのこやって来ているのかと疑われるだろう。また、良からぬことでも企んでいたのではないか、とお考えになるかもしれぬ。しかし、事実はそうではない。彼女の言葉を信用すれば、彼女はニシ・アズマを恩人と

考えていて、かねてから恩返しをしようと思っていたと云うのである。

——これ、失礼ですけれど……。

そう云って、彼女はニシ・アズマに小さな包を渡すと逃げるように消えてしまった。もう一度彼女の言葉を信用すれば、それは彼女が真面目に働いて得た金子《きんす》で求めたものであり、決して疾《やま》しい所のある代物ではなかった。

ニシ・アズマは返そうとして追掛けたが雑沓に見失ってしまった。黒いハンカチの女の話だと、もっと前に会いたかったのであるが、普段の日はどうも校門を這入り難い。運動会の雑沓に紛れてやっと這入り込み、ニシ・アズマに会えてこんな嬉しいことは無い、と云うことになった。ニシ・アズマはその品物をインド鶯のヨシオカ先生に見せて相談した。

——あら、何の皮？　蜥蜴《とかげ》かしら？　ちょっといいわね。貰っときゃいいじゃないの、遠慮無く。

——構わないかしら。

——構いませんとも。

ヨシオカ先生は簡単に断定してしまった。

だから、その日ワダを訪れるべく家を出た彼女の左手首には、いつもの時計のバンドの替りに蜥蜴の皮のバンドが巻いてあった。その女を想い出すと、ニシ・アズマは内心妙に嬉しいような、懐しいような、また悲しいような奇妙な感情を味わった。

——あのひと、こんなプレゼント買って、と彼女は考えた。大丈夫なのかしら？　そんなことを考えていると、電車の到着したのが肝腎のN駅なのに気が附いた。狼狽てて下車しようとして危く傘を忘れそうになった。

N駅は都心からかなり離れた郊外にある。駅付近は商店が立並んで相当賑かだが、ワダの家のある所は駅から五分ばかり入った裏通で、ひっそりした住宅地になっていた。彼女は秋晴れの空の下を、のんびり歩いてワダの家に着いた。

その日、ワダの家には伯母と長男の嫁と女中の三人がいた。洋傘をロンドンで買った伯父は五、六年前に死んでしまった。ワダの伯母は昔からニシ・アズマが気に入っていた。理由は判らない。この日もニシ・アズマを見るとにこにこした。

——よく来たわね。今日は何御馳走しようかな？　へえ、運動会が昨日あったの？　じゃ、お午睡でもして休んだ方がいいかしら？

——お午睡なんて、真逆、お母さん。

と長男の嫁ミヤコは笑った。ニシ・アズマも笑ったが、内心学校の屋根裏を想い出して他人《ひと》事《ごと》でない気がした。生憎ミヤコの方はP・T・Aの会とかがあって——彼女の娘は小学校一年生であるが——二時間ほど出掛けねばならなかった。

——ゆっくりしてってね、とミヤコは云った。帰りに御馳走の材料仕入れて来るから。その裡、ゲンゾオ君も帰って来るわ。

ゲンゾオ君と云うのは伯母の三男で大学生である。次男は結婚して別に住んでいる。ところが、ミヤコが出て行ったと思ったらそこへゲンゾオが帰って来た。

——やあ、いらっしゃい。

彼はニシ・アズマに挨拶した。

——どうしたの？　莫迦に早いじゃないの？

——休講が続いちゃってね。財布は空っぽだし、仕様が無いから帰って来ちゃった。これから午睡だ。

事実、彼は三十分ばかり伯母やニシ・アズマと無駄話をしていたと思うと、ああ、と大欠伸して午睡しに行ってしまった。

——二階へ行こうかね？

二階には八畳と六畳の二間があって、八畳の方は客間であり、六畳の方は伯母の居間になっている。二人はしかし、二階の部屋には這入らずに、広い縁の籐椅子に向き合って坐った。硝子戸越しに明るい秋の陽射が溢れていて、外を歩くと合いオオヴァを着てちょうどいいくらいだが、縁に坐っていると少し汗ばむくらいであった。かなり広い庭の左手は路になっていて、路を隔てて前の家が見えた。向うには裸の樹立とか、疎《まば》らに葉を残している背の高い欅《けやき》とかが見える。

——あたしゃ編物しながらお相手するよ、と伯母は云った。孫のセエタアを頼まれちゃったんだよ。

そして縁に毛糸の玉を転して、長い竹の編棒を動かし始めた。眼鏡を掛けて、ときどき、その編棒で頭なんか掻きながら。

——どうなんだい、と伯母は老眼鏡越しにニシ・アズマの顔を見た。お勤めは面白いのかい？

——ええ、割合面白いわ。

——ふうん……。そりゃまあ結構だね。でも、女だからね、いつ迄もお勤めしてるって訳にも行かないだろうしね……。

——何故？

——何故って、お前、矢っ張りお嫁に行くことも考えなくちゃ……。

ニシ・アズマは笑った。この伯母は十人ばかりの婆さん連中で妙な会を作っている。妙な会と云うと伯母は怒るかもしれぬが、互に花嫁花婿の候補者の情報を持寄って一組の夫婦を作り上げては嬉しがる会である。既にこの伯母の手だけでも、九組の夫婦を作った。前に何度か、ニシ・アズマもこの伯母の勧誘を受けたことがある。ニシ・アズマには内緒で、彼女の写真を彼女の母から持って行ったこともあるが、ニシ・アズマは一向にそんな話に乗らなかった。しかし、伯母の方は十番目の夫婦を作り上げるには、是非自分の姪のニシ・アズマに一役買わせたいと思っているらしかった。のみならず、候補者なるものも四、五人はいるらしかった。

——そうそう、写真が届いてたっけ。

——厭よ、伯母さん。

——厭じゃありません。

伯母は編物をテエブルの上に置くと立って行った。二分ばかりがたがたさせていたと思うと写真を七、八枚持って来た。その裡、三枚は男で残りが女であった。尤も、花嫁候補の写真の方は序《ついで》に持出したらしい。或は、お前も早くこんな写真を撮りなさい、と唆す心算だったかもしれない。

ニシ・アズマはその写真を見た。女性の方は美人が揃っていた。男性の方も何れもハンサムと云って良かった。何れも、至極真面目臭った顔をしている。しかし、ニシ・アズマが驚いたことには、男に一人、女に一人、彼女の知人がいたのである。男の方は例のカナコの婚約披露のパアティに出席していた連中の一人のタダ君であった。女の方は、大学時代の一級上の女性であった。写真とは云え、こんな所で知った顔にお眼に掛るとは思っていなかったから、ニシ・アズマは大いに面喰った。

——なになに、と伯母は眼鏡を片手で額の方へ上げた。知ってる方かい？

——ええ、ちょっと。

写真を見終ると、伯母は写真を蔵《しま》いに行った。戻って来ると編物を続けながら、見合の失敗談とか成功談とかをのんびり喋り出した。ニシ・アズマはそんな話を、これものんびり聞いて

いた。のんびり聞きながら、A女学院の女の先生の既婚者達が大抵、

——ニシさん、いいひとを見附けて恋愛結婚した方がいいわよ。

と云ったりするのを想い出した。しかし、眼の前にいる伯母は、結婚は矢張り見合と云う経路を辿るのが最も無難だ、と云う説を頻りにニシ・アズマに納得させようと試みていた。

その間、ニシ・アズマは硝子戸越しに庭や路や遠い梢に眼を遊ばせながら、擽《くすぐ》ったそうな顔をしていた。前の路は滅多に人が通らなかった。偶《たま》に犬を連れて奥さんとか、学生とか、娘さんが通るくらいのものである。すると路を隔てた前の家の石の門を、一台の赤い自転車が這入って行くのが眼に入った。植込に妨げられて——或は門とは別の方角を向いているのか——玄関は見えなかった。

——郵便屋さんだな。

ニシ・アズマは内心呟いた。

——そりゃね、と伯母は喋っていた。好き同志で一緒になるのも悪かないよ。悪かないけど……。

ニシ・アズマは山で死んだ、嘗て彼女が好きだったHを想い出した。

——もしあのひとが生きていたら、と彼女は考えた。いま頃は……？

ところが、どう云うものか十分もすると、彼女の頭は極めて奇妙な方向に回転を始めたのである。彼女は何やら妙な顔をして、前の家の石の門を凝《じ》っと見ていた。それから、次のような

質問をして、折角のお喋りをしている伯母を悉皆呆れさせてしまった。

——前のお宅はどんなお内ですの？

伯母はニシ・アズマを眼鏡越しに見たが、冗談でないらしいのに気が附くと、訝しそうな顔をして云った。

——前のお宅って？　ああ、イチダさん。

伯母の話だと、或る大会社の重役だった人の未亡人が、一人息子と二人静かに住んでいるらしかった。他に婆やが一人いるが、これはかなり耳が遠くて、何かの使でワダに来ても頓珍漢《とんちんかん》な応答をすることが多い。息子の方は父親のいた会社に現在勤めている。

——温和《おとな》しくていい方だよ。まだ独身でね、そうそう……イチダさんの坊ちゃんを忘れていたよ、燈台下《もと》暗しって云うのかね……。

伯母は直ぐ眼と鼻の先に、立派な花婿候補者がいたのに気が附いて、ひどく嬉しそうであった。ところが、ニシ・アズマはイチダさんの婆やも同然、頓珍漢なことを云った。

——この辺は一日に何遍郵便屋さんが来るんですの？

伯母は嬉しそうな顔を顰《しか》めた。

——何だって？　郵便屋さんかい？　二度だよ。十時と三時と……。

ニシ・アズマはチラリと蜥蜴の皮のバンドに附いた時計に眼をやった。郵便屋が這入って行ってから、もう二十分ばかり経っていた。彼女はちょいと考え込む顔をした。と思うと、立上って、前の家に電話があるかどうか訊ねた。電話があるのを確めると、彼女は呆れている伯母を更に面喰わせることを云い出した。つまり、伯母に前の家の門の所から眼を放さずにいて欲しい、誰か出て来たら階下にいるから声を掛けて欲しいと云うのである。

——何だい、お前は？　一体どうしたって云うんだい？

しかしニシ・アズマはそれには答えずに、

——お願いよ、見ていて頂戴。

と云った儘階下に降りて行った。

……茲でわれわれは、后に残った伯母と一緒に前の家——イチダさんの石の門を見ることにしよう。成程、伯母も一分間ばかりは、突然のニシ・アズマの奇怪な言動に好奇心をそそられて石の門を見ていた。しかし、石の門は石の門である。一向に動き出しもしなければ、見ていて面白い筈が無い。だから、伯母も莫迦らしくなって、編物を続けることにした。そして妙なことを考えた。つまり姪のニシ・アズマは若しかするとイチダさんの家を知っているのかもしれない。知っているばかりじゃない、若しかするとイチダさんの息子と懇意なのかもしれない、そんなことを考えた。どうしてそんなことを考え附いたか判らぬが、その考えは伯母の気に入った。兎も角、十番目の一組を拵《こしら》えるのが、伯母にとっては目下の重大問題だから、それに沿った考え方はすべて伯母の気に入る訳である。

しかし、編物を続けて五分と経たぬ裡に、伯母は編物を抛《ほう》り出さねばならなくなった。と云うのは、石の門から赤い自転車に乗った一人の男が飛出して来たからである。これは何でもない。郵便屋である。しかし、続いて、大きな声で何か叫びながら、同じく自転車に乗ってその後を追った人間がいた。それが自分の家から飛出して行ったのには伯母も驚いた。而《しか》も、それが午睡していた筈の三男のゲンゾオだったから、編物を抛り出さぬ訳には行かなかった。

——どうしたって云うのかしら？

彼女は眼鏡を外して硝子戸を開くと、手摺から身体を乗出すようにして路を見た。しかし、隣家に隠れて二台の自転車の走り去った方角は見えなかった。

すると庭にニシ・アズマが女中と二人で立って、何か話しているのが眼に入った。

——どうしたんだい？

——伯母さん、とニシ・アズマは仰向いて云った。ちょっと手を貸して下さらない？　前のお内に行ってみますから。

——全く訳が判らないよ。

そう云いながらも伯母は階下へ降りると、ニシ・アズマと二人で家を出てイチダさんの家の石の門を這入って行った。玄関のドアが開けっ放しになっていた。二人は玄関に這入って声を掛けたが、返答が無い。ニシ・アズマは失礼にものこのこ上り込んだので伯母も従った。玄関傍の洋間のドアが開いているので覗込んだ二人は、叫声をあげた。

長椅子の上に一人の女が死んだように倒れていたから。

――まあ、驚いた。奥さん、どうなさったのかしら。
二人は狼狽てて駈寄った。死んではいなかった。午睡でもしているらしかった。しかし、午睡にしてはよく眠り過ぎているのが怪訝しかった。二人は更に家のなかを歩き廻り、台所の隅に縛られて眼をぱちくりさせている婆やを発見した。五分ばかりすると警官が二人駈附けて来た。

やがて次のようなことが判明した。赤い自転車に乗った男はかねてからイチダさんの家には宝石類が沢山あると聞いて狙っていたのである。彼は先ず郵便屋に化けた。先ず、誰にも怪しまれずに他人の家に這入って行ける人間に扮した。それから、奥さんと婆や二人しかいない昼間、その家に行った。ベルを押して、出て来た婆やに奥さんに会いたいと告げた。その間、玄関のドアに内側から鍵を掛けた。出て来た奥さんに素早く薬を滲み込ませたハンカチを嗅がせて眠らせてしまった。それから婆やを脅かして、宝石の蔵《しま》ってある場所を探したが、耳の遠い婆や相手では一向に要領を得ない。邪魔になるばかりだから、婆やを縛り上げて、ゆっくり探すことにした。ところが、厄介なことが起きた。電話のベルが鳴出したのである。内心大いに狼狽して、受話器を見詰めた。出なければ相手も切るだろうと思っていたら、相手は余程気永な人間らしく一向に切りそうに無い。ベルの音でおちおち仕事も出来ない。そのとき、婆やが耳の遠いのを想い出した。やっと電話に気が附いて出た恰好にして、婆やの声に似せて喋れば良いと思い附いた。無論、奥さんは留守だと云えば良い。ところが、相手が悪かった。出て、もしもし、と応じたら途端に女の声で、

――いまから、直ぐ伺います。奥さんに急用がありますので……。二、三分の裡に……。

と云うのである。無論、彼は大いに面喰った。

――奥さんは只今、外出中で、その……。

――いいわ。直ぐ伺います。

と云うなり相手は切ってしまった。二、三分の裡に来られては堪らない。

狼狽てて玄関から飛出すと、自転車に跨《また》がって石の門から走り出た。走り出たと思ったら、こら、待てっ、と大声で怒鳴って追って来る奴がいるから吃驚仰天した。結局、二百米ばかり走って角を曲ろうとした所で荷車に衝突して足の骨を折ってしまった。その男は、どうしてこんなことになったのか、さっぱり判らない。こんな筈では無かった、と頻りにぼやいた。折角、郵便配達らしい服と帽子を入手し、それらしい鞄を二日掛りで作り上げ、自転車も赤く塗ったりしたのが、足の骨を折るためだったとは全く割に合わぬ話だ、と厚顔《あつかま》しい感想を洩らしたのである。

その日――と云うよりはその夜と云った方がいい――ワダの一家の食卓はこの自転車の話で持切った。話の中心は当然、その夜の食卓に加わっている小柄で愛嬌のある若い女性、ニシ・

アズマに他ならなかった。彼女はしかし、何やら照れ臭そうな困ったような笑顔であった。伯母も長男のゲンイチもその細君のミヤコも三男のゲンゾオも、いや小学一年生の女の子に至る迄ニシ・アズマを矢鱈に持上げた。のみならず、イチダさんの息子なら好い相手だ、これこそ縁は異なものだ、と勝手に極込んだりしていた。現に、その息子は会社から早退して来るとワダに、またニシ・アズマに礼を云いに来たが、明るい感じの好い青年であった……。

——最初はどうして気が附いたんだい？

と云うゲンイチの質問にニシ・アズマは答えた。

——よく判んないの。不意に妙な気がしたって云うのかしら。大体、郵便屋さんなら、路に自転車を止めて門を這入るでしょう？　それが門のなか迄乗込んだのよ。最初は気が附かなかったの。ところが伯母さんと話して十分ぐらい経っても、まだ郵便屋さんの出て来た気配が無いのに気が附いたの。そのときかな、おや、って思ったのは。

——そう思ったら今度は門のなか迄這入ったのも変だし、自転車が変に赤いな、って想い出したの。それで伯母さんに伺ったら、昼間は奥さんと婆やの二人きりらしいし、不用心だな、と思ったけど、真逆まだはっきり偽者とは思わなかったのよ。でも、配達時間が十時と三時って聞いたとき、今度はどうも怪訝しいって本気で考え出したの。だって時計を見たら一時半なんですもの。

——その時計のバンドいいわね、とミヤコが云った。

ニシ・アズマはちょいと恥しそうな顔をした。

――それでも、親しい郵便屋さんで、お茶でも飲んでるのかもしれないし……何でもないかもしれないとも思ったのよ。何でもないかもしれないけど、何かあるって云えないことも無いでしょう？　その場合はどうしたらいいかしら？　そのとき、電話掛けること思い附いたの。今日、茲へ来るとき電話を掛けたせいかもしれないわ。

――ほんと、余計なお世話かもしれないけど、ひとつ冒険をやってみる気になったのよ。電話して、奥さんが出て来たら、間違って掛けたことにしてしまう心算だったの。でも、男の声だったら、直ぐ伺いますって云う心算でした。最初、もしもし、って云う声はよく判らなかったわ。お婆さんかしらとも思ったの。でも、直ぐ男の声って判ったわ。それに「奥さん」って云う以上、息子さんじゃない筈でしょう？

――もし、悪いことしてる場合なら、直ぐ行くって云われたら狼狽てて逃出すと思ってました。だから、お午睡してたゲンゾオ君を起して、郵便屋が急いで飛出して来たら、構わないから大声で呼び留めて、逃げるようなら追掛けてって、と手筈を整えて置いたの。三分掛けて、通じているのに誰も出なかった場合は、ゲンゾオ君と二人で行ってみる心算でした。だって、郵便屋が這入って行って出て来ない以上、誰かいる筈ですものね。

――文句は最初から考えていたの。あの文句を云って誰も飛出して来なかったら、あたしの思い違いだと思っていたわ。ところが、あの偽者は狼狽てて飛出して来ちゃったのよ。でも電話掛けてもなかなか出て来ないでしょう？　何だかあのお内のなかに死体でもあるような気がして気味が悪かったわ。大体、電話を掛けてて通じてるのに誰も出て来ないって云うときは、何だか変な気がするもんじゃないかしら？　何だかとっても虚ろな気持がして……。

――そうそう、とゲンゾオが云った。そんな気がするよ。しかし、今日の僕の追跡だって相当のもんだったぜ。ね、兄さん、こんな場合もあるから、オオト・バイかスクウタアを買って貰いたいな。

――お前にゃ、飛行機の方が良さそうだ。

――ちぇっ、いつもはぐらかすからな。

すると、伯母が云った。

――おや、降り出したらしいよ。

一同はちょっと耳を澄せた。成程、雨が降り出したらしく、物置のトタン屋根に雨の落ちる音が聞えた。この雨で、また一段と寒くなるだろう。

――昼間はあんなに好い天気だったのになあ、とゲンイチが云った。女心と秋の空か……。

――男心じゃなくて？

ミヤコが笑った。ニシ・アズマも笑った。しかし、彼女が笑ったのは、折角包んで持って来た大きな黒い洋傘を、また借りて帰ることになるだろう、と思ったからである。この次返しに来るときは――そう思いながら彼女はちょっとイチダさんの息子を想い出した。何故か、理由は判らない。

手袋

寒い風が吹いていた。しかし、その夜、都心の往来を歩く人達は、寒い風など一向に気にも留めなかったろう。ネオンの明るい街の歩道は、余りにも人で雑沓しているため、うっかりすると五米歩くのに一分は掛るかもしれなかった。街には音楽が流れ、ときどきぱんと何か爆《は》ぜる音がしたり、また、妙な笛の音が賑かに聞えたりした。無論、歩いている連中の発する声も相当喧しかった。何か怒鳴る声、笑声、頓狂な叫声、調子外れの大きな歌声……とか。

歩いている人は何れも浮き浮きと愉しそうな表情を浮べていた。紙の三角帽子を被っている者も多かった。ゴム風船を大事そうに片手に持っている髭を生やした紳士もいた。紙の色眼鏡を掛けた者も尠くなかった。また、仮面を被って正体の知れぬ連中も歩いていた。吹くとぴいと鳴って、丸まっている紙がするすると伸びて行く笛を、擦違う御婦人の耳許で鳴らしたりする若者もあった。無論、御婦人は、きゃあと悲鳴をあげる。しかし、それは驚いたと云うよりは、陽気な街の雰囲気を更に陽気にするためらしかった。

而《しか》らば、寒い風なぞ悉皆《すっかり》忘れて、斯《か》くも多くの群衆が陽気に浮れているのは、一体如何なる国民的祭典を祝おうと云うのであろうか？　答は至極簡単である。どこでも良い、雑沓する往来に面した商店の飾窓に眼を向けて見よう。そこには、横文字で、或は日本語で、次の文字が読まれる筈である。

メリイ・クリスマス

斯くも多くの群衆が浮れている国民的祭典と思われたものは、実はクリスマスであって、その夜は申す迄も無くクリスマス・イヴに他ならなかった。だから、街に氾濫するメロディも「ホワイト・クリスマス」であり、「ジングル・ベル」であり、「聖《きよ》しこの夜」等であった。人の雑沓する表通ばかりじゃない。裏通の多くの酒場もクリスマスを盛大に祝っていた。或はバッカスの祭典と錯覚しているのかもしれぬと思われる節もあったが、そこでも多くの男女は、メリイ・クリスマスと叫んでいて、決して錯覚しているのではないことを証明していた。

しかし、われわれは鹿爪らしい顔をして、クリスマスの宗教的、若しくは歴史的意義を云云するのは止めよう。その替り、われわれもまた陽気な顔をして、陽気な街を多くの群衆と一緒に歩くことにしよう。蓋《けだ》し、賢者とはそう云うものである。后は天上の天使達を苦笑させて置けば良いのである。

その夜、雑沓する群衆のなかで、我がニシ・アズマの小柄な身体が揉まれていたとしても別に不思議ではない。また、彼女の傍には一人の青年がいて、ニシ・アズマを庇ってやっていたとした所でこれも怪しむに足りない。青年は痩せたのっぽで、この雑沓を大いに愉しんでいるらしい顔をしていた。

彼は——マサキ・タカシと云うのであるが——ニシ・アズマの従兄、正確に云うと彼女の父の姉の息子で、或る出版社に勤めていた。

——凄い人出ね……。

——これじゃ、人の頭の上を歩いた方が早いぜ。

二人はそんな話を交しながら歩いていた。と云うより人の波に押されて動いていた、と云うべきかもしれない。その間にも、小さな爆竹の音が何遍も起り、クリスマスのメロディが引切り無しに流れていた。ニシ・アズマと擦違った一人の若者は、彼女の頭に自分の三角帽子を載せて行った。

——メリイ・クリスマス。

ところが、のっぽのタカシはその三角帽子をひょいと摘んで自分の頭に載せ、面喰っている若者に云った。

——どうも有難う。こいつはいいや。

暫くすると、二人は雑沓する表通から裏通に這入って行った。裏通も、しかし、相当賑っていた。二人は賑かな笑声の聞える幾つかの酒場の扉の前を通り過ぎた。ところが「エスカルゴ」なるバアの扉の前迄来るとニシ・アズマは立停った。

——ここらしいわ。

——成程、じゃ這入るかな。

それから、二人はそのエスカルゴのなかに這入って行った。而も、ニシ・アズマが先に立ってバアに這入って行った、と云うのは些か説明を必要とするかもしれない。

……一週間ばかり前、ニシ・アズマは映画を観ての帰り、街で女学校時代の友人のヒロタ・ヒロコに会って、二人は一軒の喫茶店で一時間ばかりお喋りした。そのとき、ニシ・アズマはヒロタ・ヒロコの姉がバアを経営していて、妹の彼女もそれを手伝っている話を聞いたのである。生憎、ニシ・アズマのバアに関する知識は頗る貧弱であったが、好奇心の方は大いに豊富だと云って良かった。

——まあ、面白そうね、あたし、バアって這入ったことないから判んないけど……。

——今度いらっしゃいよ。歓迎するわよ。

——だって、あたし、お酒なんて飲めないわ。それに女がバアに這入るなんて……。

——平ちゃらよ。

ヒロタ・ヒロコは、器用に烟草を吹かしながら笑った。それから、バアに来て、男達が如何に莫迦であるか、如何にだらしが無いか、なんて云うことを観察することが、如何に女性にとって有益であるかと云うことをざっと三十分ばかり論じた。最後に、ヒロタ・ヒロコは名案を思い附いた顔をして二枚の券をニシ・アズマに差出すと、クリスマス・イヴに是非来るようにと勧めた。

——この券、なあに？

——クリスマス・イヴの会員券よ。それ、ほんとはお客さんに売附けるの。でも、ニシさんには無料で進呈しますから、是非いらっしゃいな。誰か……彼氏でも連れて……。

——彼氏がいたら、とニシ・アズマは笑った。バアに一遍ぐらい連れてって貰ってたかもしれなくてよ。

ニシ・アズマはその会員券の値段を聞いて、ちょいとばかり驚いて躊躇した。思ったより遥かに高かったから。しかし、ヒロタ・ヒロコの方は、値段なんて一向に気に留めぬらしく、一度ぐらいはバアを見て置くものだと力説して止めなかった。そのとき、ニシ・アズマは不図《ふと》、従兄のマサキ・タカシを想い出した。ちょいちょい飲歩いているタカシなら、バアを一緒に覗くのに恰好の相棒だ、と思った。と云う訳で、クリスマス・イヴの夜、ニシ・アズマはタカシと二人、バア・エスカルゴに這入って行ったのである。

エスカルゴのなかは、たいへんな騒ぎだったと云って良い。余り広くない店のなかは烟草の煙が立籠めていて暗く、ストオヴの熱気と人いきれでむっとするほど暑かった。這入って左側にスタンドがあり、右手には卓子が七、八組置いてあったが、どこも満員らしく、卓子と卓子の間の狭い空間を利用して踊っている連中も四、五組あった。

——あら、これじゃ坐れないわ。

しかし、店の女の一人は、いとも簡単にニシ・アズマとタカシの外套を脱がせてしまうと、隅の方の席に二人を坐らせてしまった。そこだけ空いていたものらしかった。すると、ヒロヒロタ・ヒロコが支那服なんか着てやって来た。尤も、最初は仮面を被った支那服の女がやって来て、いきなりニシ・アズマの手を握ったから、ニシ・アズマも大いに面喰ったが、女が仮面をちょいと外すと、その下からヒロタ・ヒロコの顔が出て来たと云う訳である。

——よく来たわね。

ヒロタ・ヒロコは嬉しそうな顔をした。それからタカシに、いらっしゃいませ、と挨拶した。タカシの方は三角帽子を被った儘、早速、エスカルゴの女に貰った仮面を附けながら、やあ、御馳走になるそうで恐縮です、なんて云っていた。ニシ・アズマも仮面を附けるように勧められてタカシの真似をした。妙なことだが、仮面を附けると、それ迄何だか落着かなかった気持が落着くように思えた。少しばかり大胆に、店のなかを見廻せる気持の余裕が出て来た。

——ゆっくりしてらしてね、あたし、忙しいから、あんまりお相手出来ないけど。

ヒロタ・ヒロコはそう云って他の客の方に行ってしまったが、それでもちょいちょいニシ・

アズマの所にやって来ては何か二言三言喋って行った。この間、タカシはビイルを飲んでいた。ニシ・アズマはヒロタ・ヒロコの持って来て呉れたアルコオル分の尠い何とか云う——生憎彼女はその名前を忘れてしまった——甘い飲物を前に置いて、仮面の下から店のなかを見物していた。客は三十人近くいるらしかった。それに店の女が七、八人いて、その話声とか笑声とか喚声に、レコオドのメロディやグラスの打《ぶ》つかる音や床の軋む音なぞが加わって、うるさいこと夥《おびただ》しかった。

——随分、賑かね。

——今夜は特別さ、どこだって。

ときどき扉が開いて、新しい客が這入って来た。満員の盛況を見て引返す者もあれば、知った顔を見附けて割込む者もあった。無論、帰って行く組もあった。しかし、帰った客の后にはまた新来の客が坐って、店のなかは賑かになりこそすれ、一向に淋しくはならなかった。ヒロタ・ヒロコやその姉にすれば、こんな結構な話は無いに相違無かったろうが、ニシ・アズマは少しばかり頭が痛くなって来た。

そのとき、妙な客が一人這入って来た。妙な客——しかし、事実はこの夜に最も似つかわしい客かもしれなかった。それは赤い頭巾に赤い服を着たサンタ・クロオスであった。このサンタ・クロオスは往来にいて、余りにも賑かなエスカルゴの様子に思わず扉を開けて見る気になったものらしい。それを一人の客が見附けて無理に引張り込んだのである。

——やあ、珍客、珍客。

店のなかの連中は一斉に歓声をあげた。

——あら、サンタ・クロオスよ。

——うん、サンドイッチ・マンだな。

タカシはコップのビイルを飲干すと立上って怒鳴った。大分、酔っ払ったらしかった。

——いいぞ、いいぞ。

——みっともないわよ。

ニシ・アズマは窘めたが、タカシは平気であった。

ニシ・アズマはその夜、街で何人ものサンタ・クロオスを見掛けていた。サンタ・クロオス達は何れもサンタ・クロオスらしい服装をして、但し、贈物を一杯詰め込んだ大きな袋を担《かつ》ぐ替りに、大きなプラカアドを持っていた。馴鹿《トナカイ》の曳く橇《そり》に乗る替りに、ゴムの長靴を穿いてのろのろ歩いたり、店の前でひょいひょいと片手を動かしたりしていた。云う迄も無く、サンドイッチ・マンである。

エスカルゴに這入って来たのも、その一人に違いなかった。彼は暫くの間は、店の人気の中心であった。彼はあちこちの席から引張り凧《だこ》に合い、次つぎとグラスを押附けられた。彼の被っているサンタ・クロオスの面は鼻が紅く如何にも呑ん兵衛らしかったが、彼は余り酒に強い方ではないらしく、十回の裡七回は辞退していた。飲むときは、白い大きな附髯を押分けて、グラスの酒を不器用に飲んだ。仮面は、鼻の所迄しか無いが、これは固く顔に附けてあるらしく、一人の客が冗談に仮面を外そうとしたが成功しなかった。

——やあ、握手。

なんて云われると、サンタ・クロオスはお道化《どけ》た恰好で握手に応じた。店の女の一人とダンスを踊って喝采を浴びると、その女の胸許を覗込んで悲鳴をあげさせたりした。かと思うと、片手をひょいひょいと動かして商売熱心な所を披露したりした。尤も、彼が片手で一同の注意を引いたのは、スタンドのなかにいるバアテンであった。

しかし、店の客達も、そういつ迄もサンタ・クロオスを珍しがっている訳では無かった。この頃になるとサンタ・クロオスは店のなかをあちこち動き廻っては、ビイルを飲んでいる客に注いでやったりした。

——何だ、お前、まだいたのか？

なんて云う客もあった。つまり、サンタ・クロオスはもう飽きられてしまったのである。そろそろ退散した方がいいらしかった。その頃、サンタ・クロオスは片隅にいるタカシとニシ・アズマの席にやって来た。彼は片手を胸に当て、ニシ・アズマに気取ったお辞儀をした。それから、酔ったタカシがビイルを注いでやると、何遍も辞退しながら受けて一息に半分ほど飲干した。タカシは再び注いでやった。

——もう不可《いけ》ません。

サンタ・クロオスは狼狽ててコップに手で蓋をした。その手には白い手袋を嵌めていた。それは布製の薄い手袋で、サンドイッチ・マンのサンタ・クロオスには似つかわしくないかもしれなかった。のみならず、このサンタ・クロオスは長靴も穿いていなかった。そのためだぶだぶの赤いズボンの裾が不恰好にひらひらしていた。その下からは黒い靴が覗いていた。

——お二人は、とサンタ・クロオスが云った。恋人同士って奴ですか？

——まあ、そんなもんかな。

タカシは澄してそう云った。ニシ・アズマは少しばかり呆れていた。后でタカシに文句を云ってやらなくちゃ、と思った。しかし、それよりも彼女には気になることがあった。彼女は眼の前の卓子の上のビイルのコップを見ていた。コップには白い手袋を嵌めた手が掛っていた。が、酔っているためか、うっかりしているのか、その小指と薬指の二本がコップのなかのビイルに浸っていた。しかし、サンタ・クロオスはそれに気附かぬらしく、タカシに若い裡はいいとか、お二人の上に幸福がいつ迄もありますようにとか、云っていた。

注意しようかと思ったとき、サンタ・クロオスはもう一度気取ったお辞儀をした。それから、眼の前のコップを手に持つと、お道化た歩き方をしながら隣の席に移って行った。隣の席には、ヒロタ・ヒロコの話だと、この店のナンバア・ワンなる若い女性が先刻から坐り込んで、一人の若い男と話していた。若い男——それは幾らか名前の知られた舞台俳優であった。恐らくナンバア・ワンの女性はその俳優に相当の思召《おぼしめ》しがあるらしく、他の席に呼ばれて行っても直ぐ戻って来たり、他の席からこっそり手で合図したりしていた。彼女も俳優も仮面を附けているので、はっきり顔は判らなかった。

——美しき恋人達よ。

サンタ・クロオスは作り声らしい声で、そんなことを云った。そして二人の前に坐り込んだ。

——どうぞこの杯を受けて下さい。

——ちぇっ、とタカシが云った。彼奴、俺のコップ持ってっちまったぞ。

タカシが店の女にコップを頼んだとき、急に笑声と拍手が湧き起った。と云うのは店のマダムが、一人の客とロックン・ロオルを踊り出したからである。大いに弥次が飛んだし、なかには一人で浮れて踊る酔狂な客もあった。

——俺も踊りたくなったよ。

タカシは立上った。そしてコップを持って来た女性を擱まえると踊り始めたが、それは全くの出鱈目で、相手の女を悉皆面喰わせてしまった。マダムのダンスが済むと、一同は矢鱈に拍手した。直ぐ続いて、ホワイト・クリスマスの美しいメロディが流れ出した。すると今度は、五、六組の男女が踊り出した。

——……？

一同はちょいと驚いた。鋭い悲鳴が聞えたからである。次の瞬間、踊っていた連中は棒立ちになったし、飲騒いでいた連中も鳴りを静めた。

——たいへん、死んでるわ。

一瞬、エスカルゴのなかを、嘘のような静寂が支配した。静寂——と云ってもホワイト・クリスマスのメロディだけは相変らず流れていた。そのため、却って静かに思われた。次の瞬間、一同は狼狽てて、声のした方を振向いた。狼狽ててそっちへ押寄せた。

片隅に近い席に、サンタ・クロオスが伸びていた。彼ががくんと前の卓子に俯伏《うつぶせ》に仆《たお》れたのを、ナンバア・ワンの女性マリが椅子に寝せたのである。サンタ・クロオスは愉快そうな笑を浮べて伸びていた。客の一人が——それは医者らしかったが、女を手伝わせて苦労してその面と附髯を取った。

——あら。

途端に、覗込んでいた店の女達が一斉に頓狂な声で叫んだ。

——スズキさんだわ。

サンドイッチ・マンの筈のサンタ・クロオスは、実はこの店の馴染のスズキなる青年だったのである。何故、そんなことになったのか、さっぱり判らなかった。医者はスズキの脈を取ったり、呼吸を調べたり、眼瞼を引繰り返したりした。それから、コップの匂を嗅いで首を振った。

——よく判らんが毒殺らしい、と医者は云った。ウチダさん、ちょっと不味かったな。

舞台俳優は呆然としていた。それから仮面を外すと医者に云った。

——不味かったなって、どう云う意味ですか？

医者はこの若い俳優に好感を持っていないらしく、立上ると懐中時計を見ながら云った。

——そりゃ警察で云う方がいい。

——いいえ、とナンバア・ワンのマリが云った。あたしが……あたしが毒を入れたの。

——兎も角、警察を呼ぶんだな。

既にその前に、バアテンが警察に電話を掛けていた。間も無くパトロオル・カアが駈附ける筈である。

——あなたじゃないわ。

そのとき、はっきり断言するような女の声がした。一同が見ると仮面を被った小柄な女性で、どうもこんな酒場には似つかわしくないような感じがした。無論、ニシ・アズマであった。彼女はサンタ・クロオスの傍に行くと、黙ってその手を見た。右手は身体の上に、左手は床の上にダランと垂れていた。白い手袋を嵌めて。

——ね、その左手の匂嗅いで下さいな。

医者は妙な顔をして、左手を持上げて匂を嗅いだ。そのとき、慌しいサイレンの音が近附いて来た。ニシ・アズマは、顔を両手で覆っているマリの傍に行くと低声で云った。

——あなたじゃないのよ。ウチダさんでもないわ。あたしは知ってるの。

——いいえ……。

マリは何か云おうとした。

——あなたじゃないの、判って？

それからマリの耳に何か囁いた。その傍にタカシが、悉皆酔も醒めた顔で不安そうに立っていた。

警官が這入って来たとき、ニシ・アズマは云った。

——この人、自殺したんですの。あたしは知っています。証明出来ますわ。ね、タカシさん？

タカシは面喰って眼をぱちくりさせた。

翌日の午后、バア・エスカルゴに近い一軒のレストランの二階で、ニシ・アズマはタカシやヒロタ・ヒロコと一緒に食事していた。三人の傍の空いた椅子の上には新聞が二、三載っていて、その何れにも「サンタ・クロオスの自殺」とか、「最も高価なクリスマス・プレゼント」とか云う記事が出ていた。その記事に依ると、スズキはかねてからマリに想いを寄せていたが、失恋したため、その恋仇の男とマリと二人いる前で、厭がらせの自殺を遂げたと云うことになっていた。いや、あわよくば二人か、その一人を殺人犯に仕立てる心算だったかもしれない、とも書いてあった。そうだとすると、彼の死は確かに高価なプレゼントに違いなかった。

例に依ってレストランの二階では、ヒロタ・ヒロコとタカシがニシ・アズマに訊いていた。

——でも、どうして自殺って判ったの？

——自殺って？　ニシ・アズマはちょっと黙った。それから笑った。多分、自殺じゃなかったかもしれないわ。

——何だって？

——これはあたしの想像よ。あたしは、あのスズキって云う人は、ウチダさんを殺そうと思ってたって気がするの。サンタ・クロオスに化けたって云うのが、その根拠の一つよ。自殺するならサンタ・クロオスにならなくてもいいでしょう？　サンタ・クロオスに化けてバアの扉口から覗けば、誰か酔っ払いが引張り込んで呉れる筈よ。誰でもサンドイッチ・マンだと思うわ。

——あたしもそう思ったの。ところが、誰かがあの人のお面を取ろうとしたけど、取れないのよ。そのとき、あたし、ちょっと変だなって思ったの。だって、サンドイッチ・マンなら、そんなに固く面を附けて置く必要は無いでしょう？　それにあのサンタ・クロオスは、長靴じゃなくて短靴を穿いてたわ。それも上等のを、ね。

——一番変だったのは、白い手袋を嵌めていたことなの。それも薄い布の手袋で、サンドイッチ・マンが防寒用に使うなんてとても考えられないの。それで、あたしは、このサンタ・クロオスはサンドイッチ・マンじゃなくて、誰かが面白半分に仮装しているのだろうと思った訳よ。ところが、あのサンタ・クロオスはあたしとタカシさんの所にやって来たわ。もう、みんな飽きた頃に。飽きられたのに出て行かないのは、お酒が飲みたいためか、って云うとそうでもないの。

——指を水に漬ければ、誰だって感じがあるでしょう？　ビイルだって同じことよ。薄い手袋ぐらいなら、嵌めてても直ぐ判る筈よ。それなのに、あの人ったら、二本の指がビイルに漬かってるのに気が附かないらしいの。そのとき、あたしは変だなって思った。何故か判らないけど……。手袋の指の先に何か入っていて、それがビイルに溶け込んだらどうかしら？　そのコップを持って隣の席に行ったらどうかしら？　そして隣の席で誰か死んだら……。

——でも、とタカシが云った。死んだのは本人だぜ。

——そうよ、とニシ・アズマは笑った。でもあたしの想像に依ると、死ぬのはウチダさんだった筈なの。これを飲んで呉れって、相手に差出したの見たわ。相手に注いで貰って乾杯して、后は店を出るか、それともトイレに這入って仮装を取ってしまって出て来て、素知らぬ顔で一同と一緒に驚いた顔をするか……。あんなに混雑してちゃ、何も判らなかった筈よ。ところが、そうは行かなかったの。ちょうどそのとき、あなたのお姉さん、マダムが派手な踊を始めて、みんなそっちに気を取られたわ。サンタ・クロオスも……。そのとき、コップを元に戻した人がいたの。そのひとは多分、サンタ・クロオスが誰か知ってたんじゃないかと思うの。そんなサンタ・クロオスの呉れたビイルは、自分の好きな人に飲ませたくなかったんだと思うわ。そして、サンタ・クロオスが向き直ったとき、これ、お注ぎしましたから、とか云って元のコップを持たせて二人に乾杯させたのよ。だから、自殺って云えば自殺に違いないけど……。本人は地獄で、こんな筈じゃなかったって云ってるかもしれなくてよ。

ヒロタ・ヒロコはハンド・バッグから何か小さな紙包を取出すと、ニシ・アズマに渡した。

——これ、マリさんがあなたに上げて下さいって。クリスマス・プレゼントだって云ってたわ。それから一遍お会いしたいって……。

ニシ・アズマはちょいと面喰った顔をしたが、黙って包を受取った。それから包を手に持って笑った。

——何かしら？　嬉しいわ。

彼女は窓の下の往来を見降した。往来を人が沢山歩いている。尤も、昨夜ほどではない。彼女は往来を見降しながら、不図、マリの手を想い出した。白く細い美しい指の附いた手を。そして、その手がコップを元へ戻すとき、素早く何かをコップに入れたのを。何を入れたのか？多分、それはサンタ・クロオスの手袋にあったと同じものなのだろう。そうでなければ、ニシ・アズマの証言が受入れられる筈が無い。では何故、マリはコップに何か入れたのか？何故、サンタ・クロオスをスズキと知っていたのか？　それは開いて見ない贈物の内容と同様判らぬことである。ニシ・アズマはマリに会うかもしれない。しかし、その后で彼女がマリの話をして呉れるかどうかは判らない。

——どうもクリスマスはいいが、暮が近附くと借金が気になってね。

とタカシが云った。三人は笑った。レストランから見えるデパアトは、歳末大売出しの大きな広告を屋上からぶら下げていた。

——あたし、いつでもいいわ、マリさんにお会いしてよ。

とニシ・アズマは云った。

シルク・ハット

昔は——と云っても、そう遠い昔ではない——天長節と云うものがあった。尤も、いまでも天皇誕生日と名前は変ったが、それに相当する日はある。しかし、天長節と云う名前は無い。その昔の或る年の天長節の日に、或る小学校の先生が一年坊主共にこんな質問をした。

——皆さん、一年に一度しか無い大切な、そしてたいへんお芽出度い日があります。たいへん嬉しい日で、みんなでお祝をする日です。さあ、いつでしょう？

一年坊主共は賑かに手を挙げた。なかには、手を挙げずに深刻な顔をして考え込んでいる者もあったし、また、手を挙げている連中をぽかんと見ている者もあったが、大部分の生徒は自信満満と威勢良く手を挙げていた。そのなかで最も活潑に、はい、と連呼している生徒を先生は指名した。

——では、サタ・ケン君。

——はいっ、とサタ・ケン君は勇しく立上って大声で答えた。お正月です。

途端に、教場は爆笑と喚声でたいへんな騒ぎになったので、先生は大いに狼狽てて一年坊主共を黙らせねばならなかった。無論、先生は、天長節です、と云う答を予期していたのである。ところが、勿体無い天長節をお正月と混同して先生を大いに狼狽させた当のサタ・ケン君は、自分は見事に正しい答をしたのだと満足して、にこにこしていた。

ところで、話は大分飛躍するが、このサタ・ケン君はその后恙無《つつがな》く成長してサタ・ケン氏となり、現在は——と云うのは、一年坊主の頃から四十何年か経っているのであるが——或る会社の社長に納まっている。いままでは、一年に一度しか無い大切なお芽出度い日が、正月だとは思っていないらしいが、正月になるとサタ家では、決ってこれが話題になる。また、正月にサタ家にやって来る連中も、一度はこの話を聞かされるのである。サタ家の子供達は、

——うちのパパは昔からお芽出度い人間だったのだ。

と、父親を評しているが、その三人の子供達は——娘二人に息子一人であるが——何れも父親に似てお芽出度い性質らしく、間違っても、

——正月なんて、つまんない。

なんて云う者はいない。何れもたいへんお芽出度い顔をして、正月を祝う。いろいろ趣向を凝らしては、正月をより愉しく過そうと試みる。その一つが歌留多《かるた》会である。年によって日は違うが、この歌留多会はもう五、六年も続いていて、歌留多会へ呼ばれる人間も大体決っている。その常連の所には、年賀状にちゃんと、日時が書添えてあるから、貰った方は心得て出掛けて来る。そして、今年貰った年賀状には、一月三日、一時より、と書いてあった。

賢明なる読者は先刻御承知でもあろうが、例の尾崎紅葉《おざきこうよう》氏の「金色夜叉」の舞台は、一月三日宵の歌留多会にその幕を開く。このとき、かのミヤ女史が、ダイヤモンドを飾った黄金の指輪を嵌めた一紳士を見るのである。

しかし、サタ家の歌留多会には、残念ながら、そんな気障《きざ》な紳士は登場しない。この日の歌留多会に集《つど》った人間は、ざっと十六、七人いたが、その裡、男性は三人しかいなかった。一人はサタ家の息子のヒロシで、大学一年生である。一人はヒロシの友人である。もう一人は、サタ家の知合らしい髭を生やした男で、この歌留多会に顔を見せたのはこれが初めてである。

その他はすべて女性で、何れもサタ氏の長女、次女の友人連中であった。尤も、長女の方は去年嫁に行ったが、歌留多会には従前通りやって来た。無論、その友人達も呼ばれてやって来ていた。次女は現在、大学の三年生である。彼女は、十二月になると、学校の講義の時間にこっそり一枚の紙片を取出して熱心に眺め始める。紙は半分に折ってあって、上の方には百人一首の上の句が、下の方には下の句が書いてある。その下の句の方を見ては、上の句を考える。ちゃんと想い出せる奴には、赤で印が附けてある。と云っても、印が附いているのは三十に足りない。

——その調子で学校の勉強したら、たいしたもんね。

と、友人に冷やかされても平気である。

——昔は物を思はざりけり、ええと、昔は物を……。何だっけな？　恋すてふ、我が名はまだき立ちにけり、人知れず、……あ、これじゃない……。駄目だな。

とか呟いて、上の句を見る。

——なんだ、逢ひ見ての、か。

ざっと、こんな案配である。

歌留多会に集った他の連中も、腕前のほどはこの次女と大同小異と云って良かった。時間は一時となっていたが、歌留多会が始ったのは二時近かった。この間、集った連中は、一年振りの挨拶を交す者もあれば、これから始る歌留多会に備えて予習を怠らぬ者もあった。

——一枚札は、むすめふさほせ、よ。憶えてるでしょう？

——ええと、む、は村雨の露もまだひぬ……ね。む、って云ったら、霧立ち上ぼる、を取らなくちゃ……。

——す、は住の江の……。め、は巡り逢ひて……。

——ふ、は？

——吹くからに、よ。それから、淋しさに、時鳥《ほととぎす》、瀬を早み……。

——二枚札は何だっけ？

——つゆしもう、よ

——月見れば、と何だっけ？　筑波嶺《つくばね》の……か。夕されば、由良《ゆら》のとを……。

一方では、一人の娘さんが暢気な声で、元旦に彼女の父親宛に来た風変りな年始状を披露していた。彼女の話だと、その差出人は或る大学の教授だそうである。

——面白いのよ、と娘さんは云った。謹んで新年の御一家の御多幸をお祈り申上げると共に、左のこと、お互に肝に銘じて反省いたしたく存じます、とか書いてあって、その后が箇条書になってるの。

何でも、その箇条書は次のようなものらしい。

一、お互に暴飲暴食は慎しみましょう。
一、お互に時間厳守を励行いたしましょう。
一、お互に立小便は止めましょう。
一、お互にラジオ体操をやりましょう。
一、お互にガスの元栓に気を附けましょう。

ざっとこんな案配で、十箇条もあるのだそうである。聞いている連中は、呆気に取られたり、笑ったりしていた。

——大分、賑かですね？

そのとき、そう云う声がして、その男が部屋に這入って来たのである。部屋と云うのは、サ夕家の奥の十畳と八畳の間の襖を取払った会場である。一同は、その声の主を振返った。振返って、何やら妙な顔をした。

それは、前にも申上げたように、いま迄この歌留多会では見掛けたことの無い男であった。しかし、そんなことは問題でない。偶《たま》には飛入が無い訳でも無いのだから。一同が妙な顔をしたのは、その男が大きな八字髭を生やしていたからである。読者も御存知のように、映画では細い髭を鼻下に蓄えてちょいと気取った俳優にお眼に掛ることがある。映画ばかりじゃない、街のなかでもお眼に掛ることが出来る。ところが、その男の髭は洵《まこと》に雄大な八字髭で、これは最近、滅多に見掛けないものである。頭は黒い髪を真中からぺたりと分けている。齢の頃は、どうもはっきり判らないが、そう齢取ってもいないらしい。四十恰好に見える。

のみならず、その男は、洵に古ぼけたフロック・コオトを着ていた。十中八九、借衣かもしれない。何しろ如何にも窮屈そうだったし、袖の先から白い襯衣《シャツ》の袖が五糎《センチ》もはみ出していた。股引のように細いズボンも丈が短くて、下から、赤い靴下が覗いていて、古いフロック・コオトと奇妙なコントラストをなしていた。更に、この男は手に古ぼけたシルク・ハットを大事そうに抱えていた。

——歌留多会だそうですね？　と男は妙に掠れた声で言った。わたしも入れて頂きましょう。

そのとき、サタ家の次女ユキコがくすくすと笑った。長女のサキコも、下を向いて笑を押えているらしかった。一同は、珍妙な紳士とは云え、サタ家の客なのだから、主人側の人間が笑うのは不見識だと思わぬ訳には行かなかった。思わぬ訳には行かなかったが、その人物を見ると一同も何となくにやにやせざるを得なかった。しかし、髭の人物は一向に頓着しなかった。

――これは、サキコさん、お芽出度うございます、ユキコさん……。

と姉妹に挨拶すると、ヒロシにも挨拶した后で、一同に向って軽く頭を下げた。

――皆さん、お芽出度うございます。

そこで一同も、その人物に会釈した。

――私はクボと申します、どうぞ宜しく。

と、その男は自己紹介した。それから、サキコの方を向くと眼をぱちくりさせてこう云った。

――お父さんが最近お求めになったとか云う、支那の陶器は拝見出来ませんでしょうか？

――ああ、あれよ。

と、ユキコが床の間を指した。成程、床の間の黒檀らしい小さな台の上に、色の着いた陶器の馬が載っていた。高さ四、五寸の馬である。一同もその馬を見たが、一同は歌留多には興味があるが、古い陶器なぞどうでもいいらしかった。それより、この変梃《へんてこ》な恰好の人物の方が、遥かに興味をそそる対象かもしれなかった。

――ほほう、と男は云った。唐三彩《とうさんさい》ですな。こりゃ立派なものです。

それから、恭《うやうや》しく馬を取上げて、鹿爪らしい顔をして見ていたが、やがて、これは幾許《いくばく》ぐらいするとか、その値段を云った。その値段を聞くと、一同は俄《にわか》にその馬に関心を持ったらしい。男が床の間に戻した馬を、熱心に眺め始めた。何しろ、本当か嘘か判らぬが、男の口にした値段と云うのが、一同の呆気に取られるぐらい莫大な金額だったから。

——驚いたわね、あんな馬が……。

——ほんと……。がっかりね。

——何が、がっかりなの？

——何がって、何だかがっかりするわ。

ヒロシは友人に物騒なことを云っていた。

——あいつを売飛ばすと豪遊出来るぜ。尤も、親爺はかんかんになるだろうけどな。

——俺達じゃ使い切れねえな。だけど、あの髭生やしたクボって云う人、何する人だい？

——あれかい？　あれは手品師さ。

——へえ？

——あとで手品をやって呉れる筈だよ。

すると、これを聞いていたのか、クボはポケットから絹の赤いハンカチを取出して、ふわりと陶器の馬に掛けた。それから、首を二、三度振って、ワン・ツウ・スリと掛声を掛けるとハンカチを取った。一同は思わず、その下から何か出るかと見たが、一同のがっかりしたことには、陶器の馬が前と同じようにあるに過ぎなかった。

——何だ、つまんないの。

と、ヒロシが云った。

しかし、八字髭の手品師は、尤もらしい顔をしてちょいと首をひねった。それから、白い歯を見せて笑うと、再び馬にハンカチを掛けてしまった。一同は、今度は何か見せて呉れるのかと思っていたが、彼はもう手品のことは忘れたような顔をして云った。

——歌留多会は、まだ始らないんですか？

——そうね、とサキコが言った。もう、始めてもいいわね。

と云う訳で、床の間の馬には赤いハンカチが載った儘、歌留多会が始ることになった。先ず、紅白合戦をやることに決った。大体、どんぐりの背較べ程度の連中だから、勝手にじゃんけんをして紅白に分れた。しかし、誰もクボとじゃんけんをしなかった。つまり、彼一人余分だったのである。

——では、とクボが云った。私が読手になりましょう。

いつもはサタ家の母親が読むのであるが、この日は少し風邪気味で引込んでいる。ちょうどいい代役が見附かったと云う訳である。八人ずつ、紅白に分れて、取札を並べる頃から、たいへん喧しくなった。これ、これはどうしても私が取るわ、とか、これは一枚札よ、敵に渡したら承知しないわよ、とか、あっ、それ私に頂戴、私のおはこなのよ、とか……。そして、一同何やら殺気だって、きょろきょろ、自分の前を見ていた。

——天津風《あまつかぜ》、天津風はどこ？　あ、あそこだ、あたしが頂くわ。

——ね、去年みたいに引播かないでね。

——引播かれたのはあたしの方よ。蚯蚓脹れが一ケ月も癒《なお》らなかったわ。

——まあ、大袈裟ね。

——宜しいですか？　とクボが云った。而らば開始と参りましょう。

一同、何やら固唾《かたず》を呑んで、前を睨み附ける。すると八字髭の人物は妙な調子で、声を張上げた。

——空札一枚、君が代は千代《ちよ》に八千代にさざれ石の巌《いわお》となりて苔《こけ》のむす迄。

一同はくすくす笑い出した。

——何だか、とユキコが云った。気が抜けちゃったわ。ね、何だか変な節廻しね。

——謡《うたい》みたいだわ。

——浪花節調よ。

しかし、当のクボはみんなの批評なんか一向に気にも留めずに、次の歌を読上げたから、一同は笑っているどころではなくなった。

——皇太后宮太夫俊成《こうたいごうぐうのだいぶとしなり》、世の中よ道こそなけれ思ひ入る山の奥にも鹿ぞ鳴くなる、山の奥にも鹿ぞキャンキャン……。

——はい。

一人が威勢の良い声を出した。

——ね、とサキコが云った。作者の名前は読まなくてもいいのよ。

——鹿ぞキャンキャンなんて、変ね。

——Going my way. 我が道を行く、と髭のクボは鹿爪らしい顔で云った。私は名前から読出さないと調子が出ないのです。紫式部《むらさきしきぶ》、巡り逢ひて……。

——はいっ。

——あら、それは雲居《くもい》にまがふ、よ。

——はいっ、此方《ここ》よ。雲隠れにし夜半の月かな、ですよ。一枚札、間違えちゃ駄目よ。

ざっと、こんな調子で進行した。この間、クボは悠然として、ゆっくりゆっくり、一首ずつ読上げて行った。一同が嬌声を上げても、笑っても、悲鳴をあげても、一向に知らん顔をしていた。ときどき、髭を押えたり、髭をひねり上げたりした。

第一回は、紅組が大勝した。第二回は組替をして、白が勝った。

——乱暴ね、ヒロシさん、あたしの手を上から殴るんですもの。

——殴ったんじゃありませんよ、とヒロシが口を尖らした。取ろうとしたら、下にあんたの手があったんだもの。

三回目も、同じメムバアでやって紅が勝った。尤も、三回目のときには、髭のクボばかり読手にするのは気の毒だから、とサキコが替ろうとしたが、クボは自分は読むのが一番いい、と云って肯《き》かなかった。三回目が終った所でちょいと休憩があった。休憩の后、二度ほど個人戦をやった。一回目は、たいへん肥った娘さんが勝った。二回目は、小柄で愛嬌のある顔をした娘さんが勝った。その后で再び紅白試合に移り、三回ばかり続けてやった。この間、髭のクボは専ら読手で、床柱を背に、謡曲みたいな、浪花節みたいな、お経みたいな、何やら変梃な調子で読続けた。

それが済むと夕食になった。歌留多会が始る頃は、まだ硝子戸越しに縁に陽が射し込んでいたのに、もう外は暗く、障子も閉められてしまった。夕食の仕度が整えられる間、クボが手品を見せて呉れる筈になっていた。ところが、この髭の手品師は何を思ったのか急に立上ると、こう云った。

——急用を想い出したので、ちょっと失礼いたします。腕前のほどを御覧に入れられないのはたいへん残念でありますが……。

一同は少しぽかんとした。クボは、床の間に置いたシルク・ハットを大事そうに抱えると、一同に向って片手を開いて大袈裟なお辞儀をした。

彼は、悠然とした足取で部屋から出て行った。

——而らば、お先に。

——なあに、あれ？

——変なひとね。

——変人なのよ。

そんな会話が交された。そのとき、一人が大きな声で叫んだ。

——あら、あのひと、ハンカチ忘れてったわ。

事実、彼の赤い絹のハンカチが床の間にふわりと載った儘になっていた。一人が、ハンカチを取上げた。途端に、頓狂な叫声を発した。一同は吃驚仰天した。絹のハンカチの下には、莫大な値打の馬の替りに蜜柑が五箇あったのである。一同は、一瞬顔を見合せた儘であった。それから、急に喧しく喋り出した。そのうるさいお喋りの共通点は、髭のクボが馬を盗んだに相違無いと云うことらしかった。

——どうも、眼附が怪しかったわ。

——最初から、その心算だったのね。

——ハンカチを掛けっ放しにしとくなんて、変だと思ってたんだ。

と、ヒロシの友人も云った。

そこへ、意外なことに当の容疑者である髭のクボが慌しく飛込んで来たから、一同は驚いた。のみならず、その怪しい筈のクボが大声で、

——たいへんだ、馬が失くなった。

と、怒鳴ったから、一同は悉皆《すっかり》呆気に取られてしまった。

——馬が失くなった、こりゃ一大事だぞ。

クボは手で激しく顔を撫でた。一同は更に驚かねばならなかった。あの雄大な八字髭が、ぽ

ろりと取れて落ちたのである。クボは、落ちた髭を見たが、もう、髭なんかどうでもいいらしかった。今度は頭を掻いた。綺麗に真中から分けた髪がぼさぼさになった。すると、彼は見たところ二十八、九の、なかなかの好男子に変っていた。

——あら、あなた、ほんと？

サキコがクボに云った。

——ほんとだとも。見て御覧。シルク・ハットのなかも蜜柑なんだ。

——ああら、たいへん。

と、サキコが叫んだ。ヒロシは黙って天井を睨んでいた。他の連中は珍紛漢で何が何だかさっぱり判らなかった。しかし、賢明なる読者は、クボとサキコの会話の調子が変ったのにお気附きだろう。こんな調子の会話が最も相応しい間柄と云うと、先ず夫婦と云う所かもしれない。事実、一同は洵に変梃な説明を聞かされねばならなかった。

即ち、クボなる人物は実はカンダ・シンタロオと云ってサキコの亭主なのである。無論、手品師ではない。若い有能な建築技師である。結婚式はカンダ君の郷里の関西の方でやった。また結婚后間も無く、カンダ君は会社からヨオロッパへ半年ばかりやられて最近戻って来た。だから、サキコは友人達に、まだ自分の亭主を紹介していない。

正月の歌留多会で亭主を紹介することにした所が、カンダ君は甚だ茶目気のある人物なので、尋常の紹介はつまらんと云い出した。その結果、手品師クボが誕生したと云う訳である。

手品師であるから、一同を吃驚させる手品を一つ披露せねばならない。ハンカチを馬に掛けたのは、無論魂胆《こんたん》あってのことである。一同がカルタに夢中になっている間に、こっそり馬を蜜柑に取替えてしまう。肝腎の馬は、シルク・ハットのなかに隠してしまう。シルク・ハットのなかには前以て布の袋が縫い附けてある。そのなかに入れるのである。

夕食前に、急用を想い出したと云って席を立つ。多分誰かがハンカチを忘れたのに気が附くだろう。ハンカチを取れば、后は大騒ぎになるだろう。茲迄は筋書通りに運んだと云って良い。カンダ君の考えた筋書では、この先は、次のようになる筈であった。

つまり、髭を取り服を替えて、颯爽《さっそう》たる若紳士として再び登場して、

——あの怪しい手品師が馬を盗んだのでありますが、僕が見事取戻しました。

と、口上宜しく、盆に載せて持って来たシルク・ハットをひょいと持上げると、下から馬が出て来て拍手喝采となる。そのとき、サキコが親愛なる亭主を一同に紹介する筈であった。

ところが、別室に退散したカンダ君がシルク・ハットのなかを見たら、入れた筈の馬の替りに蜜柑が入っていたのである。手品どころの話ではない。大いに狼狽して引返して来た。

説明を聞いた一同は、矢張り何が何だか判らなかった。一体、その馬はどこに消えたのか？誰がどうしたと云うのか？　一同がぽかんとしていたとき、

——あたしが手品やりますわ。

と云う声がした。声の主は小柄で愛嬌のある顔をした若い女性――ニシ・アズマに他ならなかった。彼女は何やら照れ臭そうな微笑を浮べて立上った。それから床の間の方に歩いて行った。床の間には、赤いハンカチがふわりと載っていた。その下は蜜柑の筈であった。

――このハンカチの下から何が出て来るのかしら？

彼女はそう云うと、ハンカチを取った。一同は啞然とした。ハンカチの下には、例の馬がちゃんと鎮座していたから。そのとき、女中が来て、

――お食事の用意が出来ました。

と、告げた。

別室での食卓には、サキコの亭主のカンダ君も洒落た洋服に着換えて坐っていて、ウイスキィを舐めながら頻りに冗談を飛ばしていた。とても、さっきのクボと同一人とは見えなかった。歌留多に熱中したため腹が減ったのか、ヒロシ達は云う迄も無く、娘さん連中も大いに旺盛な食慾を発揮した。尤も、ヒロシは盃に三杯の酒に真赤になって、

――俺は損だな、直ぐ赤くなるから……。親爺は呑ん兵衛のくせに、こんな息子を造るとは怪《け》しからんよ。

と、妙な不満を洩らしていた。

――ほんとに、カンダさんが初めて這入っていらしたとき、あたし、吃驚しちゃったわ。西洋乞食かと思っちゃった。

と、肥った娘さんが云った。

――そうですかね？　とカンダ君は不服らしかった。僕は天才的な奇術師に見える心算だったんだけれど……。

しかし、一同の意見は圧倒的に西洋乞食らしかったと云う方が多かった。すると、一人の女性が云った。

――ね、ニシさん、もう教えて下さってもいいんじゃなくて？

無論一同は、紛失した筈の馬が再びハンカチの下から現れた謎に就いて、知りたい好奇心に駆られていた。しかし、食事が始って直ぐ一人がこの話を持出したところ、カンダ君が少しお腹に何か入れてからにした方がいい、と提案したため、まだニシ・アズマの手品の種明しは済んでいなかった。

――そうよ、教えて頂戴よ。

一同はニシ・アズマの方を見た。彼女は箸を置いてカンダ君を見た。すると、カンダ君は意味あり気に笑って云った。

――もういいでしょう、どうぞ種明しをして下さい。

ニシ・アズマは笑った。

――何でもないのよ、きっとみんな、がっかりしてよ。実は、あたしもカンダさんのお芝居の一役買っただけなの。カンダさんは初めから、シルク・ハットに馬を入れなかったのよ。馬は床の間の傍のあたしの手提袋のなかに入っていたの。それを、カンダさんが狼狽して飛込んで来て、みんなそっちに気を取られている隙に、あたしがこっそりハンカチの下に戻したって云う訳。

——そうです、とカンダ君が云った。実は、これで僕の筋書が完成したことになるんです。最後に名探偵登場と云う訳です。女房に聞いたら、ニシさんなる名探偵がいらっしゃるそうなんで、一役買って頂いたと云う次第です。

一同はちょいと間の抜けた顔をしていた。

——あたしも、とニシ・アズマは云った。こんな役やりたくなかったけれど、お正月ですものね、ちょっと……。笑うの我慢するのが一番苦しかったわ。

——同感。

と、ヒロシが即座に叫んだ。

時計

省線のB駅の近くに、H荘と云うアパアトがある。嘗てこの辺一帯は静かな住宅地であったが、戦災で焼野原になったと思ったら、今度は面目を一新して、アパアトばかり矢鱈に建ち並ぶようになった。某会社の社員住宅と称する四階建の奴や、某工場の工員寮と云う二階建の奴や、その他大小のアパアトがざっと見ただけで十幾つもある。

嘗て、某会社の社員アパアトの屋上に上って、御叮嚀にも眼に入るアパアトの数を勘定した男の話に依ると、

——二十六迄は勘定出来たね。

と云うことになる。しかし、果して本当か嘘か判らない。何故なら、この男の話を聞いて、わざわざもう一度勘定した別の男の話だと、

——二十六どころか、三十一はあった。

と云うのだから。

しかし、アパアトの正確な数はどうでも宜しい。われわれは、二十六あるか三十一あるか知

らぬが、そのアパアトの一つに眼を留めることにしよう。それが冒頭に中上げたH荘であって、見たところ、クリイム色の壁に緑色がかった瓦を頂いた新しい建物である。まだ建ってから半年とは経っていないらしい。

H荘は二階建で、階下と階上にそれぞれ八室ずつある。若い夫婦者が多いが、どう云うものかこれは大部分階下にいる。階上には、これもどう云うものか、若い独身の女性が多い。昼間は大抵勤めに出る人達だから、昼間、アパアトの二階にいる人は極く尠い。夕方になると厚化粧して出て行く女性が、二人いるぐらいのものである。

一度その女性の一人が、夜遅く酔っ払って帰って来て、階段の途中から落っこってたいへんな騒ぎになった。そんなことがたいへんな騒ぎになるくらいだから、H荘は概して泰平無事に明け暮れていたと云って良い。

H荘の前にはこぢんまりした住宅が何軒か並んでいて、ささやかな庭もある。その庭に植えてある紅梅がぽつぽつ花を附け始めた、或る日の午后のことである。広い往来からH荘へ通じる路を、一人の男が歩いていた。それは鳥打帽に汚れた黒い外套を着た男で、まだ若いらしかった。——若いらしかったと云うのは、男は黒眼鏡を掛けていたから、はっきりした齢の頃は判らないのである。男は手に白く塗った杖を持って、何やら覚束《おぼつかな》無い足取で歩いていた。

今更、申す迄も無い。その男は盲人であった。この盲人の歩いて行くのを、一人の若い女性が見ていた。見ていたと云うよりは、盲人の背後から歩いて来て、盲人を追抜いたのである。

追抜くとき、女性はちょいと盲人を横眼で見た。

——……？

すると盲人の方も足音で気附いたのだろう、若い女性の方を窺うように顔を向けた。若い女性は、その儘盲人を後にした。そして、一分と歩かぬ裡に、例のH荘の入口に達した。H荘は路に面して、二つの玄関を持っている。一つは階下用であり、一つは階上用である。若い女性はその階上用の入口から這入ると、こつこつと階段を上って行った。

十四号。

その扉をノックした。

——はあい、ワキさん？

——そう。

ワキさんと呼ばれた女性は、扉を開いてなかに這入った。いや、這入ろうとして、ちょっと振返った。階段を上って来るたどたどしい足音を聞いたからである。足音の他に何か杖でも突いているらしい音も加わっていた。

——さっきの盲のひとだわ。

ワキ・マリコはそう思った。事実、階段の上に鳥打帽が出て来た。それを見ると彼女は部屋に這入って扉を閉めた。

——よくいらしたわね。

——約束ですもの、ニシさん、まだ？

——ええ、少し遅れるとかって……。

そのとき、十四号の前を通った足音が隣室の前で止った。隣室は十六号である。真中を廊下が通っていて、向い合った部屋に交互に番号が附いている。

矢張り扉をノックする音がした。十六号ではラジオが歌謡曲をやっていた。

——はあい。

扉の開く音がした。それから、

——まあ、驚いた。厭だわ。

と云う女の声がした。女性二人は無論、聴耳を立てるなんて真似をした訳では無かったが、ワキ・マリコは隣室に来た人間が盲人であったと云うことで、何となくそっちへ気を取られていたことは否めない。后は、ラジオの音に交って男女の話声がしていたが、何の話か判らなかった。

——盲のひとよ。

と、ワキ・マリコは、部屋の主人アサミ・イクコに低声で告げながら隣室を指した。

——うん、とアサミ・イクコは点頭いた。ちょいちょい来るらしいわ。何でも別れた御主人なんですって。

——前の旦那さん？

——大きな声しないでよ。

と、アサミ・イクコは相手を窘めたが、このことにはアサミ・イクコ自身も相当の好奇心を持っているらしかった。尤も、彼女の持合せている知識は極く僅《わず》かなものに過ぎなかったが、その極く僅かばかりの知識に依ると、隣室の女は、都心の酒場で働いている。盲目の亭主が厭で別れて、このアパアトに移って来たが、亭主の方は甚だ執念深く、ちょいちょいやって来るらしかった。

——でも、口じゃ、厭だなんて云ってるけど、笑声なんか聞えることもあるのよ。どう云う訳かしら？

——曰く云い難しね。

二人は顔見合せて意味あり気に笑った。しかし、実際には二人共何が何やらよく判らない、と云うのが正直な所らしかった。この間にも、隣室ではラジオが鳴っていた。だから、この二人が喋る声は隣室では聴き取れない筈であった。

——どう、ぼつぼつ始める？

——そうね……。ニシさん、どうしたのかしら？

——職員会議が少し長引くんですって。

——おやおや。

この二人は、同じ女子大学の卒業生である。H荘十四号のアサミ・イクコは最近結婚して夫と二人茲に住んでいる。二階にいる夫婦者と云ったら、茲と十一号の二組だけだが、十一号の方は共稼だから、日中は二人共いない。

ところで、その卒業生仲間で近く同窓会をやることになった。日取と場所は決ったから、通知の往復端書の宛名を書かねばならない。そこで三人の幹事が集って片附けることにした。それが、この日だと云う訳である。二人は紅茶を一杯ずつ飲み、二杯目のときには、アサミ・イクコは亭主の愛用しているウイスキィを持出して来て紅茶に垂らした。

——あら、御主人に叱られない？

——大丈夫よ。

そう云われるとアサミ・イクコは却って勇しくなって、余計にウイスキィを垂らした。

——あら、駄目よ。あたし……。

——大丈夫よ。あたし、寝しなにきゅっとグラスに一杯やることあるのよ。よく眠れてよ。

——あら、とワキ・マリコは吃驚した顔をした。ほんと？　うちのひとは一滴も飲めないの。

——じゃ魚と蛙のお仲間ね。

——なあに、それ？

——水ばっかり飲むからよ。

——へえ？

——うちの宿六《やどろく》が教えて呉れたの。案外、学があるでしょう？　何でもフランスじゃそう云うらしいわ。

二人がそんな他愛も無い話を交していたとき、隣室の扉が開いて閉まる音がした。それから、足音が廊下を通って行った。それは幾らか狼狽気味の足音と云って良かったが、紅茶に垂らしたウイスキィにちょいと赧くなった二人は別に気にも留めなかった。隣室では相変らずラジオが鳴っている。

——厭よ、絶対に厭よ。

——そう云わずに、俺の気持も察して呉れよ。

とか云う声がした。何か劇をやっているらしかったが、もし足音を聞かなかったら、二人共隣室の女と盲人の会話と錯覚したかもしれない。

そのとき、階段に再び足音が聞えた。今度は軽やかな急ぎ足であった。その足音はアサミ・イクコの部屋の前で停って、ノックする音がした。

——はあい。

——遅くなって御免なさい。

這入って来た小柄な愛嬌のある顔をした女性——ニシ・アズマは寒い戸外を歩いて来たため、赤い顔をしていた。

——やっと抜出して来たのよ。

——御苦労さん、いま、美味しい紅茶を御馳走するわ。ウイスキィ入りの……。

アサミ・イクコは紅茶を淹《い》れに掛った。

――このお部屋、悪くないわね。

ニシ・アズマは珍しそうにその四畳半の部屋を眺めた。洋服箪笥と箪笥と食器棚と机と鏡台と、それで部屋は満員と云って良かったが、清潔な感じがした。壁にはルノワアルの少女と、ドガの踊子の複製が額に入って架っている。

――入口で誰かに会わなかった？

ワキ・マリコが訊いた。

――会ったわ、盲のひとに。出た所で靴の紐結んでたわ。あら、もう三時半？　三十分遅刻ね。さっき、下で見たときは三時十五分だったけど。今日、時計忘れちゃって。

――公用だから大目に見て上げるわ。

アサミ・イクコはそう云いながら、ニシ・アズマに紅茶を渡した。ワキ・マリコは、先刻仕入れたばかりの隣室の女と盲人に就いての知識を披露した。

――ちょっと面白いでしょう？

――そうね。

ニシ・アズマは笑った。

それから、三人は肝腎の宛名書きの仕事に取掛った。一人の宛名を書くたんびに、その女性の学生時代の仇名とか失敗談とかを喋るから、百枚に足らぬ端書を片附けるのも容易でなかった。

――お隣はよっぽど退屈なのね。

と、ニシ・アズマが低声で云った。

――え？　どうして？

――だってラジオ附け放しじゃないの。童話迄聞くのかしら？

アサミ・イクコは笑った。

――そう、退屈なのよ。でも、いつもは大抵、歌謡曲ぐらいしか聞かないんだけれど。

――そう？

ニシ・アズマはちょっと耳を澄す恰好をしたが、ラジオの音しか聞えなかった。

――お隣のひとの所ね……。とアサミ・イクコは肩をすくめた。ときどき、男のひとが来て泊るのよ。

――へえ、とワキ・マリコが云った。

――駄目よ、大声出しちゃ。

と、アサミ・イクコは窘めた。

――盲のひとの他に？

ワキ・マリコが低声で訊ねた。

――無論、そうよ。あたし、見たことあるわ、廊下で。それも一人じゃないらしいのよ。

——おやおや。何曜日用ってあるのかしら？

そう云ってワキ・マリコは急に赧い顔をした。何かを聯想したらしかった。

——そんなこと知らないわ、とアサミ・イクコが云った。でも、夜中に喧嘩してたこともあるのよ。

隣では講談が始っていた。

——ね、今夜はうちで晩御飯召上ってってってよ。うちの宿六にもそう云ってあるの。気を利かして、外で済して来るって云ってたわ。

——そんなの……悪くってよ。

——いいのよ、うちのひとはどうせどこかで一杯やれるって喜んでるわよ。此方もウイスキイで賑かにやりましょうよ。

宛名書きの仕事は片附いてしまった。三人はちょっと休憩と云う恰好で、アサミ・イクコの出して呉れたアルバムを覗込んでいた。彼女の亭主なる人物は写真好きらしく、アルバムには亭主の撮ったいろんな写真が貼ってあった。一枚、アサミ・イクコが見せまいとした奴があったが、それは彼女が入浴して髪を洗っている所をパチリとやられたもので「これは失礼！」と説明が附いていた。

——まあ、これ。

ワキ・マリコは頓狂な声を出した。

——厭だって云ったじゃないの。今度の会には絶対内緒よ。

アサミ・イクコの話に依ると、二人で旅行したとき温泉宿で撮ったものであった。その他、町の乞食だとか、竹竿に止っている蜻蛉《とんぼ》だとか、ネオン・サインや、雲や、電車や、手当り次第に撮っているらしかった。ワキ・マリコとニシ・アズマは、その晩御馳走になるのだから、同窓会でアサミ・イクコの裸の写真を公表することは見合せることにした。

——でも、御馳走が貧弱だと……。

——ね、判らなくてよ。

そのとき、階下で——と云うよりは下の窓から首を出しているらしい様子だったが、大声で叫ぶ声がした。

——マキタさん、マキタさん。

三人は話し止めた。

——何なの？

——マキタさんって、お隣よ。電話でしょう、きっと。

アサミ・イクコが云った。階下の一室に管理人がいて、電話が掛ると大声で叫ぶのである。呼んでも聞えないときは、仕方が無いから、階段を上って来る。現に、階段をばたばた云わせながら慌しい足音が上って来た。足音は十六号の前で止り、扉を敲く音と同時に、

——マキタさん、電話ですよ。

と云う女の声がした。三人は黙っていた。ラジオではまた歌謡曲をやっていたが、返事は無かった。

——あら、留守なのかしら？ラジオは鳴ってるのにね。

——マキタさん、マキタさん。

女は乱暴に扉を敲いた。アサミ・イクコは扉を開いて廊下を覗いた。そのとき、管理人の細君も十六号の扉を開いたらしい。

——何だ、寝てるの……？

と云う声がした。同時に悲鳴が聞えた。アサミ・イクコは飛出して行った。ニシ・アズマもワキ・マリコも靴を引掛けて出て行った。そして、十六号の戸口から覗いてみた。部屋の真中に布団が敷いてあって、隣室の女はその上に寝間着姿で仆《たお》れていた。首に紅い紐が巻附いているのが見えた。

——死んでる。

管理人の細君は蒼い顔をして呟いた。

——殺されたのよ。

ニシ・アズマが矢張り蒼い顔をして云った。

——あの盲よ。きっと。

ワキ・マリコが云った。アサミ・イクコは何も云わずに棒立ちになっていた。兎も角、警察を呼ばねばならなかった。ひと先ず、十六号の扉を閉めると、管理人の細君は階下に駈降りて行った。三人は部屋に戻った。アサミ・イクコは直ぐ電燈のスイッチをひねったが、隣に屍体があるとなるとどうも落着かなかった。

——きっと、あの盲よ。

ワキ・マリコは繰返して云った。

警官の前で、盲人を見掛けたワキ・マリコとニシ・アズマは、目撃者として知っていることを述べねばならなかった。また、隣室の住人として、アサミ・イクコも彼女の知識を披露する必要があった。話はいとも簡単らしかった。盲人が殺したとしか思えなかった。無論、アサミ・イクコもワキ・マリコも、盲人がやって来たとき、隣室の女の応待する声を聞いていた。

——まあ、驚いた。厭だわ。

と云う声を。その声は、聞いた二人の話に依ると、たいへん驚いているらしい調子だったが、必ずしも不愉快な気持から出たものではないらしかった。また、盲人が来てから立去る迄には——つまり、ワキ・マリコが来て次にニシ・アズマが来る迄には、三十分ほど経っていた。紅い紐で女を絞め殺すのに、三十分は多過ぎる時間と云って良かろう。その間に殺されたと見て間違は無いらしかった。

尤も、その后、誰かこっそりやって来て殺したと云えぬことも無い。ラジオが鳴っていたから、少しばかりの声なら聞えぬかもしれない。兎も角、肝腎の盲人を発見することが先決問題であった。そうすれば、幾らラジオが鳴っていたとは云え、隣室の二人が全然気附かぬ裡に絞め殺されると云う変梃な謎も解決されるだろう。事実、隣室の二人は、盲人と女の争う声なぞ全然聞かなかったと云った。尤も、この謎は、調査の結果、女が男と一緒に臥ている間に殺されたらしい、と云うことでどうやら解決が附くらしかった。

しかし、肝腎の盲人は簡単に摑まったのである。驚いたことに、彼はH荘から五分と離れていないちっぽけなアパアトに住んでいた。のみならず、そのアパアトから三分ほどで行ける、或る按摩《あんま》さんの所で見習をやりながら、近くの学校へ通っていた。捕えられたとき、彼は風邪気味だと称して布団を被って臥ていた。警官から話を聞くと、彼は少しぽかんとした。それから、ひどく反抗した。一日、臥ていたのだ、と云った。しかし、彼の歩いていた所を見た者はあるが、臥ていた所を見た者は無い。

もう一つ、変な所があった。と云うのは女と臥ていた筈のこの盲人は、十六号の女の別れた亭主ではなくて、一つ齢下の弟だと云うことである。姉が働いて、自分が一人前の腕を身に附ける迄面倒を見てやると云って、学校にも按摩にも近いそのアパアトに入れて呉れた。のみならず、姉もH荘が建つと移って来た。姉が働いて得る金がどんなものか、うすうす判るが、一人前になる迄は姉の言葉に従うことにしている。一人前になったら大いに働いて姉に報いようと思っている。姉が自分のことを、別れた亭主だと云っているとは初めて聞いた話だ。しかし、何か考えがあってのことだろう。盲人はそう云った。

その盲人を見たとき、ワキ・マリコは即座に——このひとです、と云ったが、ニシ・アズマは即答しなかった。彼女は首を傾げていた。彼女は考えていた。

——管理人のお内儀さんが云っていた、電話を掛けて来た男は誰なのだろう？　名前を訊いても答えなかったそうだけれども……。

——何故、殺された女は盲人を見たとき驚いたのだろう？　何故、ちょいちょい来ていたと云う盲人なのに驚くのだろう？　いつも驚いたのだろうか？

彼女は盲人を見た。黒眼鏡を掛けて、黒い詰襟服を着ていた。鳥打帽は被っていなかった。果して眼の前の盲人が彼女が見た盲人なのか、ニシ・アズマには判らなかった。如何にも同一人らしかった。と云うことは彼が殺人者だと云うことを、十中八九意味すると云って良かった。そのくせ、彼女は何か気掛りなことがあるような気がした。何だろう？　何か忘れていることがあるような気がした。

管理人の細君は、日頃ちょいちょい来る盲人を見掛けていた。そして、この盲人に違いないと云った。無論、この日、彼女は盲人を見なかった。

——でもね、と彼女は云った。大体、盲さんが二人も三人も訪ねて来るなんて、考えただけでも怪訝しいですよ。

ニシ・アズマは、その言葉を聞きながら考えていた。彼女が盲人を見たときのことを。彼女は遅くなったので急いで歩いて来た。すると、H荘から一人の男――それは盲人と直ぐ判ったが――が出て来て、出て来たと思ったら路傍に蹲踞《しやが》んで靴の紐を結び出した。彼女が盲人の傍を通ったのは、それから三十秒と経たぬ裡である。そのとき、彼女は時間が気になっていた。生憎、時計を忘れていたから。そのとき、時計が……。

ニシ・アズマは突然、頓狂な声をあげたので警官連も呆気に取られた。彼女はその盲人に近寄ると訊ねた。

――ね、ちょっと、両腕を伸してみて下さいな。

盲人は何やら訝かし気に両腕を伸した。ニシ・アズマは嬉しそうな声をして云った。

――あら、時計、どうなさったの？　失くしたの？

――時計？

盲人はそう云うと再び訝しそうに首をひねった。

――時計がどうしたんですか？　僕は時計なんて持ってないけど……。

――そうよ、持ってない筈よ。

――いや、何れ持つ心算だけどね、と盲人はちょいとばかり不服そうに云った。先生の持ってる蓋附の指で触れる奴を買う心算です。

――このひとじゃないわ、とニシ・アズマは云った。あたしの見たのはこのひとに化けた偽の盲です。

同窓会はたいへん盛会であった。山の手の大きな料亭の広い庭には、若い女性が沢山集って賑かなこと夥しかったが、この日の最大の話題はニシ・アズマと盲人のことであった。十六号の女を殺した男は摑まった。それは身体附《からだつき》も齢恰好も死んだ女の弟に近い若い男であった。嫉妬心から犯行に及んだと云われた。この男は盲人の弟を別れた亭主だと信じていた。しかし、彼が女を殺したのはこの盲人の故ではない。何しろ、彼女には尠くとも他に三人の男がいたのだから。

会場では当然、ニシ・アズマはいろいろの質問を浴せ掛けられた。その質疑応答をいちいち茲に再録するのは賢明なる読者にとっても煩《わずらわ》しいであろう。だから、彼女の説明を極く簡単に申述べることにしよう。

――あたしが気になったのは、盲のひとが来たとき、女のひと、つまり姉さんが驚いたって聞いたことなの。普段来ているなら、特別驚かなくてもいいでしょう？　でも、誰かが普段と違う恰好で来たら驚く筈よ。と云っても、そこ迄は考えていませんでした。ただ、何となく気になったの。

――けれど、本当は自慢出来るほどのことじゃないのよ、もっと早く気が附けば良かったの。あたしがアサミさんのアパアトに這入るとき、盲のひとが靴の紐結んでた訳だけど、蹲踞んで紐を結ぶから、自然と手が伸びる訳よ。その手首に夜光剤を塗った腕時計をしてたの。そのとき、あたしはアサミさんやワキさんを待たしたことばかり考えてたので、何気無く時計を覗いたの。三時十五分過ぎでした。

——問題はそれだけ。盲のひとが、何だって硝子の嵌った、おまけに夜光剤なんか塗った腕時計をしているのかしら？　でも、それに気が附いたのは、后であの盲の弟さんを見たときだから自慢にもならないわ。もっと早く気が附くべきだった筈だけど、でも、遅過ぎもしなかったわね。

——一つ残念なことがあるの。それは、折角アサミさんが腕に縒《より》を掛けて御馳走して下さる筈だったのが、お蔭で駄目になっちゃったことよ。

話を聞いていたワキ・マリコがにやにや笑って云った。

——御馳走が出なかったんだから、事情はともあれ……。

——ね、とアサミ・イクコがワキ・マリコを睨んだ。この次御馳走するって、あんなに約束したの忘れたの？

——駄目よ、幹事同志が、とニシ・アズマが云った。もう、余興に取掛らなくちゃ。

犬

　K町の電車通を折れて半町も行くと、T大病院の裏門に打《ぶ》つかる。この半町ばかりの間は、病院に出入する連中が利用するから、人通りの絶えると云うことは余り無い。これに反して、T大病院の裏門を這入らず、それを右に折れて行く道となると、寧ろ、人通りがある方が珍しいと云って良い。

　左手は病院の煉瓦の塀が道の曲折に沿って続いていて、塀際には古いドラム鑵だとか塵芥《ごみ》箱が並んでいたりして、おまけに、その上に痩せた梧桐《あおぎり》が枝を伸したりしていて、如何にも裏通と云う感じがする。ところが、そこに高級車がひっそり停っていたりするから、何事かと思う人もあろう。しかし、別に不思議は無い。右手は長屋とか倉庫らしき建物が多いが、ちょいと露地の奥を覗いて見給え。旅館と云う軒燈とか看板が眼に附く筈である。夜になると、この辺一帯は疎らな街燈の灯が点るばかりで、歩いている人を見掛けることは余り無い。

　無論、住宅もあるが、大抵の人は真直ぐ電車通へ出る路を辿って、わざわざ人気の無い暗い道を通って電車通へ出ようとする物好きは滅多にいないのである。

ところが――三月の或る夜のことである。この人通りの尠い道を、三人の女性が歩いて来た。こつこつと鋪道に靴音を響かせながら、陽気に話を交しながら。何か可笑しい話でもあったのか、その一人、背の高い女性は、

――ああら、厭だわ。

なんて笑って空を仰いだ。と思ったら、嬉しそうな声で、空を指して云った。

――朧月《おぼろづき》よ。

成程、空には月がかかっていた。淡い雲が一面に覆っているため、仄《ほの》かに霞んで見える。

――ほんと、朧月夜って歌があったわね。

そう云ったのは小柄な女性である。もう一人、その中間の背恰好の女性は、

――そうそう、菜の花畑に、って云うんだったわね？

と浮れた調子で附加した。

何故、茲で月が三人の注意を惹いたかと云うと、この三人はいま迄細い路を辿って来た。塀や、塀から出ている樹木の枝のために、月なんか考えなかった。しかし、細い路から病院の裏門が前方右手に見える道に出ると、視界が開けて空の月が眼に附いたと云う訳である。

何故、この三人はそんな所を歩いていたのか？　この三人が出て来た路を行った所に、この三人の友人の家がある。そこを訪ねての帰りと云う訳である。もう少し増しな理由があるといいのだが、事実はそうだから仕方が無い。つまり、滅多にいない物好きの仲間入をして、電車

通へ出るべく歩いていたのである。温い夜で、微風が如何にも春の夜らしく肌に触れる。

——菜の花畑に入日うすれ……。

背の高い女性が綺麗な低声で歌い出した。

この三人が何やら好い気持で鋪道を歩いていたとき、その一人——中位の背恰好の女性が、突然跳上ると背の高い女性に獅嚙み附いた。

——……。

あんまり驚いて、声が出なかったものと見える。無言で片手を伸して、路上の一点を指した。同時にあとの二人も思わず立停って、互に身体を寄せ合った。寄せ合いながら、怖る怖る路上の一点を凝視した。

——手が……。

左様、朧月の仄かに照らしている路上に——と云っても、事実は少し離れた所にある街燈の光が届いている路上に、手首が転っていたのである。それは、五本の指のある間違無く人間の手首であった。

三人は黙って顔を見合せた。それから、多分怕《こわ》いもの見たさも手伝ったのかもしれない、三人共肩を抱合うような恰好をしながら、そろりそろりと前に進んで行った。手首なら、別に逃げる訳も無いし、また害を加える筈も無い。だから、つかつかと歩み寄ってもいい訳だが、実際にはそうも行かないのである。

歩み寄って見ても——と云っても一米ばかり距離を置いていたが——手首が手首であることに変りなかった。その切口は生々しく、まだ血が固ってもいないらしい。のみならず、上になっている手の甲も血だらけになっていた。

——警察へ届けなくちゃ。

背の高い女性が云った。無論、あとの二人も同意する。しかし、三人が早速警察へ行こうと思ったとき、三人はもう一度跳上らんばかりに驚いた。どこから来たのか大きなシェパアドが不意に現れて、三人の見ていた手首を咥《くわ》えると、一目散に走り去ったのである。

——まあ、驚いた。

三人は呆気に取られて、シェパアドの走り去った方角を眺めた。シェパアドは三人の歩いて来た方角へ走って行くと、間も無く左手に折れて見えなくなった。どう云うものか、小柄な女性が走り出すと、あとの二人もそれに倣《なら》って曲角迄行って見た。そこは病院の塀と、倉庫に挟まれた道で、五十米と行かぬ先で更に右に折れている。無論、シェパアドの姿は無い。曲角に一つ暗い街燈が立っているばかりで、人影も全く無い。

三人は、その曲角から不意に幽霊でも出て来そうに思ったのだろう。狼狽てて引返した。

——交番は？

しかし、電車通に出ると直ぐの所に、交番ではない、大きな警察署の建物があった。

——まあ、お誂向《あつらえむ》きだこと。

と云ったのは背の高い女性である。三人の女性は慌しくその入口の階段を上って行った。そこで、三人は口を揃えて路上に見掛けた手首に就いて語った訳であるが、而らばこの三人は何者か？

賢明なる読者は、三人の女性が警察でその身分を告げるより先に、或は既にお気附きかもしれない。背の高い女性は、インド鷲のヨシオカ女史であり、小柄な女性は他ならぬニシ・アズマである。もう一人、中位の女性は、タコ女史と云って、矢張りA女学院で国語を教えている先生である。

この日、A女学院の卒業式があった。卒業式の后、夕方、或る大きなレストランで謝恩会があった。このときは、百五、六十名の新卒業生が集ってたいへん賑かであった。無論、先生連中も沢山招待された。

例に依ってA女学院院長タナカ女史は、テエブル・スピイチをやった。テエブル・スピイチの途中で、

――先生、コロッケ。

なんて変な弥次を飛ばした不心得者があって、満場は、拍手と爆笑でたいへんな騒ぎになったが、タナカ女史は怒らなかった。いつもだと、ちょいと鹿爪らしい顔をして声のした方を睨むのだが、謝恩会ともなるとタナカ女史も好い御機嫌になる。それに、コロッケ、と云われる

には相応の理由があるのである。

かねてから、謝恩会の席上で料理の秘訣の一つを公開するのが、料理自慢のタナカ女史の慣例になっていた。ところが、三年前コロッケの作り方を公開したら、それが評判になって、その次の年もコロッケの作り方を公開せねばならなくなり、去年もまた同様であった。それを知っていて、コロッケ、と云う声が飛出したのである。そのため、今年もまたコロッケの作り方が伝受された。茲にはそれは記さぬから、もし御希望の方があれば、A女学院のタナカ女史に直接お聞きになるが良い。

謝恩会のときには、一人の勇敢な卒業生がいて、この日のためにわざわざ父親に習ったのだと称して、

——今日もコロッケ、明日もコロッケ。

と云う古い唄を歌って大喝采を博した。インド鴬のヨシオカ女史も美しい咽喉《のど》を聞かせた。「故郷を離るる歌」と云うのを歌ったのであるが、このときは涙を浮べている者もいた。そのなかに、例のコロッケ君もいたのだから妙なものである。

この謝恩会が洵に和気藹藹《あいあい》裡に終ってから、例の三人は会場からさまで遠くない所に住んでいる一人の先生の家に、誘われる儘に寄った。愉快なお喋りに時を過して家路に向ったときに、路上に妙なものを発見したのである。

三人の女性が路上に見たのだから、無論、錯覚ではない筈だが、犬が咥えて行ってしまったとなると始末が悪かった。始末が悪い――しかし、シェパアドを飼っている家を調べることは不可能ではない。無論、その夜から捜査が始ったらしかった。

ところが、それから二日目に、妙な記事が夕刊に出た。これを見附けたのは、ニシ・アズマより先に新聞に眼を通した彼女の妹のミナミコであった。

――姉さん、たいへんよ。

ミナミコの声に姉のアズマも新聞を見た。ミナミコはニシ・アズマから、手首の話を聞いて知っているのである。

新聞の記事と云うのはざっと次のようなものである。つまり、その日の午后、二人の男女が公園を散歩していた。すると、大きな樹立の茂った下の藪のなかに一人の男が襯衣《シャツ》一枚で眠っているのを見附けた。眠っている――と云うのは男は顔にハンカチを掛けていたからそう思ったのである。午睡するなら、日向のベンチの方が快適なのは云う迄も無い。尤も、この二人の男女が、何故滅多に人の行かぬそんな所に行ったのかよく判らない。兎も角、二人は男の眼を醒さぬよう、こっそり立去る心算でいた。そのとき、女の方が悲鳴をあげた。寝ている男の右手首が無かった。それも、右手首を失って、その傷が癒ったと云う形のものではなかった。赤黒く血がこびり附いた儘であった。

悲鳴を聞いても、その男は眼を醒さなかった。男は死んでいたのである。無論、二人は吃驚仰天して、警察へ届出た。警察で調べたが、男の顔はひどく潰されていて識別出来ない。しかし、前にT大病院前に落ちていたと云う手首に関係があるらしい。最初は警察も、その紛失した手首が病院に関係あるものと思っていたらしい節もあるが、手首の無い人間が死んでいるのが発見されたとなると、また別の話である。男の死因は、胸を刺された傷であって、死后二日ほど経っている。着ている襯衣にもズボンにも血は附いていない。殺した后で替えたものらしい。

——姉さんの見た手首の本人らしいわね。

ミナミコが言った。

——そうらしいわね。

ニシ・アズマは浮ぬ顔で云った。実を云うと、例の死体が発見されると間も無く、ニシ・アズマ——ばかりじゃない、ヨシオカ女史もタコ女史も警察に呼ばれて、その男の死体を見せられたのである。尤も顔は隠してあったが、兎も角死体と云う奴はどんな場合でも見て好い気持のするものではない。三人共蒼い顔をしていたのも、無理は無いと云って良い。

——この死体を見て、あなた方の見た手首がこの男のものと思えるか?

と云うのが警察で三人に出頭を求めた理由である。しかし、三人共よく判らなかった。左手を見せられたが、三人共曖昧な顔をしているばかりであった。ヨシオカ女史は寧ろ、死体に背を向けて、

——厭ですわ。こんなことでいちいち呼び出されちゃ……。気持悪くて堪らないわ。

と頗る御機嫌斜めであった。タコ女史もニシ・アズマも機嫌は好くなかった。兎も角、紛失した手首はこの三人しか見なかったのだから、運が悪かったと云う他無い。

ただ、ニシ・アズマばかりは、

——変ね。

と呟いていた。警官の一人が訊いた。

——何が変ですか？

——どうしてあの路に手首が落ちていたのかしら？　それに何故、犬が咥えて行ったのかしら？

——さあ、と相手は笑った。それが判りゃいいんですがね。

——路に血が着いていました？

——いや、血は落ちていなかった。

——変ね、とニシ・アズマは云った。切口は生生しかったような気がするけど。

これには他の二人の女性も賛成したが、相手は一向に変だと思わぬらしかった。手首を見たから、血、と直ぐ聯想するが、案外血は固まっていたのかもしれない。また、殺してから切ったとすると血もそう出ないだろう、と云った。

——何故、右の手首だけ切断したのかしら？

——さあ、それも判りゃいいんですがね。

それから警察を出て、あんなこと届けなきゃ良かった、と三人で大いに不満を洩らして別れた。別れて帰って来てぼんやりしている所へ、友人と映画を観て帰って来たミナミコが新聞を見て、姉に告げたのである。

——厭だ厭だ。そんなこと忘れておしまい。

と、ニシ・アズマの母はそう云ったが、ミナミコの方は何だか大いに興味ありそうな顔で、頻りに姉に話し掛けた。

——ね、シェパアドって人間の肉食べるかしら？

——お止し、と彼女の母は窘めた。気持の悪い。

——その手首も食べてしまったかもしれないわね？

——真逆。

とニシ・アズマは云った。

——食べなかったら、あの近くのどこかで見附かる筈よ。あの近くでシェパアドを飼ってる家調べりゃいいじゃないの。

事実、それはもう調べたらしかった。近くでシェパアドを飼っている家は二軒しか無いが、二軒共——その一軒は病院の裏門の直ぐ前にあった——その時刻に犬は放してなかった。その時刻ばかりじゃない。散歩に連出すとき以外は放さないことが判っていた。更に、犬の飼主の範囲を拡げて行っているが、一向にそれらしいのには打《ぶ》つからぬらしかった。

——兎も角変なのよ、とニシ・アズマは云った。路に手首が落ちていたのも変だし、路に血が附いてないのも変だし、右手首を切ったのも変だし、急に犬が出て来て手首を咥えてったのも変だし……。

——そりゃ、犬は匂で判ったのよ。とミナミコが云った。匂を嗅ぎ附けて来たのよ。

——どこから？

——そんなこと判んないわよ。

——そうだ、どこから匂を嗅ぎ附けて来たのかしら？　でも、そんな遠くから手首の匂なんて判るかしら？　あたし達が歩いてたときは、犬なんてちっとも見掛けなかったのよ。変な犬だな。全く。

——あっ、判った、とミナミコが眼を輝かせた。その犬はその殺された男の飼犬なのよ、そうよ、きっと。

ニシ・アズマはミナミコの顔を見た。

——それも面白いわね。でも、何だったかな、何か想い出せそうで想い出せないんだけど……。それに、犬はどこに行っちゃったんだろう？

——何が想い出せないの？

——何だったか、忘れちゃったのよ。

ニシ・アズマは浮ぬ顔で云った。

翌日、ニシ・アズマは学校に行った。授業はもう無かったが、新学期の打合せの会があったから。会は三時頃終った。ニシ・アズマはヨシオカ女史とタコ女史の三人で、彼女の愛する三階——即ち、屋根裏に上って行った。窓から見える庭の桜は既に蕾《つぼみ》を持っていた。芝生も柔らかな新緑に変ろうとしていた。

——春ね。

——春だって云うのに、ひどい目に合ったわね。

三人は窓から外を眺めながら、そんなことを話し合った。遠く海が見える。

——春の海ひねもすのたりのたりかな、とタコ女史が云った。ね、茲で句会を開かない？

——クカイ？　と、ヨシオカ女史が云った。クカイってなあに？

——句会、俳句会よ。

——ああ、俳句……。

そこで三人は銘銘、深刻な顔をして一句ひねり出そうと努力し始めた。季題は春に関係あるものなら何でもいいと云う頗る広汎なものである。ヨシオカ女史が、

——朧月手首落ちたり道の上。

なんて妙な句を作ったので、句会は忽ち手首の話の会になってしまった。

——ニシさん、どうなの、あんた、名探偵じゃないの。

タコ女史が云ったが、ニシ・アズマは笑って首をすくめた。

——ちっとも判んないわ。

それから、三人で勝手な推測を並べ合った。男はどこで殺されたのか？　手首がT大病院附近に落ちていて、死体はそこから大分遠い公園にあったのは何故か？　これには明確な答は出なかったが、殺されたのはどこかの屋内で、そこで手首を切断された、と云うことには意見が一致した。衣類が替えられていることで判ると云うのである。更に、そこから公園へ運ばれたのだろう。だから、殺した犯人も一人ではなくて二人か三人はいるだろう、と云う結論も出た。

——でも、まだ身許が判らないんでしょう？

——顔が……。

——そうよ、顔をくしゃくしゃにしたのは、無論、誰だか判らなくするためよ。

と、タコ女史も尤もらしいことを云った。

——でも、変ね、とニシ・アズマは例の奴を始めた。手首を切るなんて。ね、どんなことが考えられて？　顔をくしゃくしゃにするのは誰だか判らなくするため……。それは良くてよ。じゃ、手首を切るのは？

——手を判らなくするため？　これも変かな。

ヨシオカ女史はそう云って苦笑した。

——手を判らなくする……。そうね、その手に特徴があれば切ってしまったら判らない訳ね。でも、あの手は犬が咥えてどこかに持ってってちゃったし……。

——それに特徴も無かったんじゃなくて？

——無かったみたいね。ちゃんとした手首だったわ。

——じゃ、何故、切ったのかしら？　おまけにそんな大事な証拠を、何故道に落っことしたのかしら？

ニシ・アズマの言葉に、他の二人の女性は考え込んでしまった。

——何だっけな、ね？　ヨシオカさん、何かあなたの仰言ったことで、あたし、気になってる言葉があるのよ。想い出して呉れないかな？　ね、手首を見附けたでしょう？　犬が来て咥えて行っちゃったんで、追っ掛けて行って、直ぐ引返して警察へ行ったでしょう？　その間に何か云ったのよ。

——あたしが？　さあ？

ヨシオカ女史は真剣な顔をした。

——あら、とタコ女史が笑った。まあ、その顔、写真に撮っときたいわ。お見合の写真にお誂向きよ。

そのときである。ベッドに腰を降して——屋根裏にベッドがあるのは先刻御承知であろう——足をぶらんぶらんさせていたニシ・アズマがひょいと立上ったから、二人は面喰った。

――そうよ、そのお誂向き……。その言葉よ。ね、何故、直ぐ近くに警察のある場所に手首が落ちていたのかしら？　而も、何故、人通りの尠いあんな場所に落ちていたのかしら？　誰だって、あんな淋しい場所で見附けたら、吃驚して警察へ届けるわね。拾い上げる人なんて先ず無いんじゃないかしら？　現にあたし達だってそうでしょう？　それに弥次馬が集ってわいわい騒ぐことも無いでしょう？　おまけに犬が……。

ニシ・アズマは再びベッドに腰を降すと、五分ばかり考え込んでいた。それから威勢良く立上ると云った。

――さあ警察へ行きましょう。

警察で、ニシ・アズマはこんなことを云って、同行のヨシオカ女史やタコ女史は云う迄も無く警官達をも啞然たらしめた。

――判りましたわ、多分そうだと思いますの。多分、右手に特徴のあるひとが……。そうね、指が一本無いとか二本無いとか云うひと、が行方不明になっていると思うんですけれど。

――ほほう、と肥った警部が云った。それが何かこの事件と関係がありますか？

――それが殺された本人だと思いますの。

――しかし、あなたも含めて、この三人で御覧になった話じゃ、その手首の指は五本揃っていたと……。

――そうですの、でもあたし達が見たのは殺されたひとのじゃなかったのよ。

——すると、もう一人殺されているか、手首だけ切られているかする人がいる訳ですか？

——いいえ。多分、そうじゃないわ。それから、あの晩、犬を、シェパアドを乗せたタクシイの運転手を探すといいと思いますわ。でなけりゃ、自家用車を持っててシェパアドを飼っている人か、自家用車でなけりゃオオト三輪でもトラックでもいいんですけど。それは右手に特徴のある行方不明の人の身許が判ってから、手繰って行けば案外楽に出て来ると思いますわ。それに、若しかしたら、そのシェパアドの口許に何か赤いものが附いているかもしれないけれど、これはあんまり期待出来ないわね。


二日ほどして、右手の中指の無い男が行方不明になっていることが判った。尤も、本人は旅に出ると称していたらしいが、旅行に出た形跡は無い。また、どこへ、何しに旅行するのか誰も知らなかった。況して、あの世へ旅立つなんて誰も想像も附かなかったろう。更に二日ばかりして、犯人三人が捕えられた。一人はシェパアドを飼っていた。一人はその夜、近所の魚屋でオオト三輪を借りていた。一人は死んだ男に襯衣とズボンを貸していた。三人寄れば文珠の智慧と云う。この三人が頭をひねって殺人を犯した訳であるが、その詳細は茲では割愛させて頂くことにしよう。

新聞には、無論、この事件が大きく出たが、ニシ・アズマの名前は一行も出なかった。彼女が警察に固く口留めしたからである。但し、彼女は金一封なるものを貰った。

何日か経って、都心の或るレストランに三人の女性が坐っていた。三人とは、無論、ニシ・アズマ、ヨシオカ女史、タコ女史である。ニシ・アズマが、金一封でその日一日を愉快に過すことを提案した結果である。三人はこれから、愉快な探偵映画を観に行くのであるが、三人が席を立たぬ裡にその会話を聞くことにしよう。と云うより、ニシ・アズマが二人にお喋りしている話を聞こう。

——どうして、お誂向き、でぴんと来たかって云うの？　そうね、何故かしら？　兎も角、手首が落ちていたって云うと、何か犯罪と結び附きがあると思うでしょう？　それが警察の直ぐ近くって云うのが不思議だったの。でも、最初は判らなかったの、何故、手首が落ちているのか……。死体が見附かったときも、死体と手首は同一人のものだと思っていたのよ。

——でも、特徴の無い手首を切ったのは何故か判らない。切ったのは、切る必要があったからよ。どんな必要があったのかしら？　あたし達の見た手首はちゃんと五本の指が揃っていたわね。そのこと、幾ら考えても判らなかった。何かあったっけ、って思ってたのが警察の入口で聞いたヨシオカさんの言葉よ。あの晩は何気無く聞き流したけど、矢っ張り気に留めてたと見えるわね。お誂向き、って云うのは犯人の側にとってもそうだと云う意味なのよ。

——誰かが手首を見附ける、それを警察に届ける。それが、犯人の側の狙いだったのよ。つまり、五本指の揃った右手首が落ちていると云うことが肝腎なのよ。すると、右手首の無い人間がいると云うことになるわね？　そこへ死体が現れてその死体の右手首が無い、となると前の手首は極めて自然にその死体と結び附かなくて？　ところが、本当はその死者は指の無い人なんだからそれを巧くカムフラアジュ出来るって云う訳よ。右手首を切落して顔をくしゃくしゃにして、どこの誰か判らない儘隠しおおせてしまう、って云う予定だったの。

――そのためには、手首が必要になるんだけど、それは勿論、死体から切落した指の足りない手首じゃなくて満足な手首が要る訳よ。あの手首は生生しそうに見えたのに路に血は落ちてないって云うでしょう？　尤も、殺してから切断すれば血が出ないとも云ったけど。それにお誂向きに何故、犬が来て咥えて行ったのかしら？　考えている裡にあたしはあの手首は人間の本当の手首じゃなくて、作りものじゃないかって、思い出したの。作りものでもちょっと見ると真物らしく見えたから、よほど上手に作ったのよ。赤いエナメルか何か塗ってあったかもしれないわ。

――でも作りものじゃいざとなると直ぐからくりがばれちゃうわ。それで犬を仕込んで誰か見附けたら直ぐ取返すように仕組んだの。多分、犯人はあの倉庫の辺かどこかに隠れていたと思うわ。そして、あたし達が警察へ走って行く間に、近くに待たせてある車に犬を乗せて逆の方向に逃げて行ったのよ。つまり、五本指の手首が落ちていたって云う印象を警察に与えればいい訳よ。

――あら、何時かしら？

ニシ・アズマは時計を覗いた。二時前である。ぼつぼつ出掛けて、映画を観て、それから夕食をどこかで摂ろうと云うのである。尤もヨシオカ女史は豚カツ、タコ女史は鰻、ニシ・アズマはビフテキとそれぞれ希望が違うから一悶着あるかもしれないが、それはわれわれの知ったことではない。われわれは茲でこの三人を街に送り出すことにしよう。幸い、麗《うらら》かな日和《ひより》である。多分三人は愉快なときを過すことだろう。手首や犬のことは、忘れて。

あとがき

茲に収めた作品は、昭和三十二年四月から三十三年三月迄、雑誌「新婦人」に読切連載と云う形式で発表したものである。従って、それぞれ独立した短篇になっているが、登場する主人公は共通している。また第一話の「指輪」から「犬」迄、季節の推移を追って話が進行する。しかし、別にそれに拘泥した訳では無い。何となくそうなってしまったのである。

主人公が若い女性なのは、雑誌の性質上そうならざるを得なかったのであって、現実にニシ・アズマ君がいたら、多分僕はそんな探偵の真似はお止めなさいと云うかもしれない。因《ちな》みに、この主人公はときに眼鏡を掛けたりするが、これは多分に一種の照れ隠しの意味だろうと思う。尚、本書に収めるに当って、各作品とも多少手を加えたことを附記して置く。

解説

新保博久

小沼丹といっても、著者には失礼ながら、本文庫の読者はご存じないほうが普通だろう。小沼氏の教え子らを別にすれば、その名に親しみを覚えるのは、よほどの日本文学通で、愛すべきマイナー・ポエットの作品にまで目を配っているか、あるいは井伏鱒二に傾倒し、その弟子筋として記憶している人、そしてミステリ・ファンのごく一部だけだといってもいい。

ミステリ・ファンが記憶に留めているのは、女学院の英語教師ニシ・アズマが探偵役を務める連作集である本書『黒いハンカチ』（一九五八年、三笠書房）があるせいだ。とはいえ今日では、北村薫編『謎のギャラリー――謎の部屋――』（二〇〇二年、新潮文庫）に第一話「指輪」と第三話「黒いハンカチ」とが再録されるまで、実作に触れた人も少なかっただろう。そのアンソロジーの巻末対談で、ゲストの宮部みゆきが「この小沼丹という作者の方は男性ですか」と問うているほどだ。

「……今回の二編を通して読んでみて、作者が男性か女性かまずうかがいたくなったんです。これは探偵役が女性である必要がある探偵小説ですよね」（詳しくは同書四六一―四六五頁の編者との対談をお読み願いたい）

小沼丹（一九一八―九六）は本名・救《はじめ》、もちろん男性である。東京生まれ。早稲田大学英文科卒。同学などで英文学を講ずるかたわら、「村のエトランジエ」「白孔雀のゐるホテル」（ともに五四年）はじめ創作や随筆を発表。静謐《せいひつ》なユーモアとペーソスの漂う作風で独自の地歩を占める……

などと、文学事典を引き写したような紹介をするのはよそう。ただ、短編集『懐中時計』（六九年）で読売文学賞、『椋鳥日記』（七四年、ともに現・講談社文芸文庫）で平林たい子文学賞小説部門を受賞といった栄誉が示すような、その作品の質の高さは別にして、本質的には余技作家であったと私は思う。本業はあくまで教職であり、書きたいときだけ書きたいものを書く。『黒いハンカチ』をはじめ若干の推理作品は、そのまた余技に属するわけだが、推理小説なら売れるだろうといったさもしい心根がなく、いつもながらの飄逸《ひょういつ》な手さばきで犯罪事件や謎を料理してみせ、気負いが感じられないのも、だからだろう。

もっとも、『黒いハンカチ』が八月に刊行された一九五八年という年が、戦後二度目の推理小説ブーム（一度目は横溝正史、高木彬光らによる本格推理の黄金時代）の興った時期であることには注目しておきたい。前年に仁木悦子の江戸川乱歩賞受賞作『猫は知っていた』がベストセラーとなり、五八年二月に出版された松本清張『点と線』によって、ミステリは好事家の専有物を脱して読書界に市民権を確立した。文化実業社発行の女性誌『新婦人』に「ある女教師の探偵記録」の通しタイトルで読切り連載が終わったばかりのニシ・アズマ・シリーズが、いち早く一巻にまとめられた（小沼氏の創作集としては三冊目）のも、こうした背景を抜きには考えにくい。

実際、ニシ・アズマものに先行して発表されたユーモア短編のほうが『不思議なソオダ水』（七〇年）として集成されたのは十二年後であり、これも『懐中時計』で読売文学賞受賞の余勢を駆ったからこそだろうし、ほかにこの間の著書は数少ない長編の一つ『風光る丘』（六八年）だけで、実に『黒いハンカチ』以降十年間、合集や翻訳以外の著作は出ていないのである。ちなみに三笠書房版『不思議なソオダ水』のあとがきでは、「……これらの作品を書いた頃は、人物の名前を片仮名で表した。それはそのときなりに理由があつた訳だが」と言いつつ、その具体的な理由は明かされていない。勝手に想像するしかないが、表意文字である漢字を宛《あ》てると、登場人物に作者が意図した以上の属性を与えてしまいかねないのを憚《はばか》ったのではあるまいか。「いまは片仮名で名前を書く気にはなれない。しかし、それを漢字に置換へると、作品も書直さねばならない気がするから、その儘にして置くことにした」

本当はこの間に、彌生書房の推理小説傑作選（六〇年）第四巻として小沼丹集が予定されていた由、第一巻の鮎川哲也『海辺の悲劇』（春陽文庫版の元本）の巻末広告からうかがわれると、熱心な鮎川ファンの奈良泰明氏から教示された。小沼集は「古い画の家」を表題に、「クレオパトラの涙」「リヤン王の明察」「バルセロナの書盗」「手紙の男」が収録されるはずだった。第二巻の藤原審爾『若い刑事』(表題作は新宿警察シリーズ)、第三巻の中村真一郎『黒い終点』(リドル・ストーリー「不可能な逢引」「迷宮事件」を含む)と、新書判ながら造本も瀟洒《しようしや》で、一般文壇の作家の推理作品も積極的に取り入れていこうという珍しい短編叢書だったが、版元がいけなくなったのか、これだけで中絶したようだ。未刊に終わったものの、それでもミステリなら出版しやすかった当時の情勢が察せられる。

小沼集に予定されていた「手紙の男」(『小説公園』五八年四月臨時増刊)は未読だが、「バルセロナの書盗」(『文学行動』四九年五月)はフローベルの「愛書狂」と同じ原話に基づくらしい初期代表作の一つで、あとは江戸川乱歩に慫慂《しようよう》されて『宝石』に発表されたものだ。ご承知のように乱歩は、経営の傾いた『宝石』に梃入れするため、みずから一九五七年八月号より編集に乗り出し、同誌と疎遠になっていた鮎川哲也(復帰第一作は「五つの時計」)を含め実力派を起用すると同時に、広く一般文壇にも寄稿を求めた。手始めに有馬頼義らに依頼するとともに、梅崎春生、曾野綾子、中村真一郎、福永武彦、松本清張とミステリ好きの作家を集めて座談会を催したところ「……これが機縁となつたのかどうか知らないが、それから間もなく、この座談会の五氏のほかに、有馬頼義、椎名麟三、向井啓雄、三浦朱門の諸氏など二十数名の文芸作家が、『影の会』というものを作り」(江戸川乱歩)、ミステリの勉強や談議をするようになったという（七〇年代に雑誌『幻影城』出身作家が作った同名の会とは別物）。そのなかに小沼丹もおり、『黒いハンカチ』の連載終了と同じ五八年三月、『宝石』に掲載された「クレオパトラの涙」は有馬頼義をして「影の会最初のヒット」と言わしめたらしい。続いて「古い画の家」（五八年六月）、「リヤン王の明察」（五九年四月）、「みちざね東京に行く」（六〇年一月）、「王様」（同年九月）を発表している。なかでは「リヤン王の明察」がとりわけ出色と思うが、これや「王様」のような異国寓話、不良少年や純朴な農村青年が巻き込まれる犯罪小説、田園奇譚など毎回趣向を変え、「現実にニシ・アズマ君がいたら、多分僕はそんな探偵の真似はお止めなさいと云う」（『黒いハンカチ』あとがき）だろうというのを実践したように、アズマ女史の復活はなかった。

これら諸編以上に興味深いのが「赤と黒と白」（『推理ストーリー』六二年五月）である。資産家の老女赤井カネに早く死んでもらいたい甥の黒田、黒田にだまされて自殺した妹の復讐を誓う白浜、白浜に愛猫を殺されて殺意を抱くカネと、三者三様の思惑が交錯する設定は、天藤真「鷹と鳶」（六三年、創元推理文庫『親友記』所収）などの類縁ともいえよう。実のところ作者名を伏せられれば、天藤作品かと錯覚しかねない。文章力では小沼丹が勝り、推理的構成では天藤真が勝るというところか。

しかし、これを最後に小沼丹はミステリから遠ざかってしまう。随筆集『小さな手袋』講談社文芸文庫版の中村明編の年譜によれば、六四年ごろから「つくりものとしての小説に対する興味が次第に薄れ、身辺に材をとった作品に気持ちが動く」ようになったという。六三年に妻女を、六四年に実母を相次いで喪っており、一種の無常観を抱きはじめたのかもしれない。このあと、自身をモデルにした私小説的な大寺さんシリーズ（それらが『懐中時計』などに結実する）や、随筆にほとんど専念している。

その後も、読者としては探偵小説に興味を失ったわけではないらしい。『椋鳥日記』は七二年、早大の在外研究員として半年ほどイギリスに滞在した経験を綴ったものだが、近所の雑貨屋で「探偵小説本を何冊か買つた」という。それからベエカア街ではなく「場所はどこか忘れたがシヤアロツク・ホオムズと云ふ酒場」にも立ち寄って、観光客目当ての営業ぶりに憤っている。

小沼氏がどんなミステリを好んだのか、その講義に接する機会もなかった私は知らない。シャーロック・ホームズぐらいは当然読んでいたとしても、それ以外には？　五三年、病中のつれづれにクロフツの『樽』を読んだそうだが、随筆集『珈琲挽き』（九四年、みすず書房）一冊に探偵小説に関する記述はほとんどこの一節しかない。だから当てずっぽうにすぎないが、氏のお気に入りはホームズよりもブラウン神父ではなかったか。『黒いハンカチ』のニシ・アズマの登場の仕方が、名探偵然と依頼人を待っているというより、いつのまにか事件現場にいる点でブラウン神父を想わせるのだ。加田伶太郎（福永武彦）の伊丹英典のお手本がホームズだとすれば、ニシ・アズマはブラウン神父——といっても、G・K・チェスタトンばりに華麗な逆説的論理を展開させるわけではない。
ニシ・アズマは、珍しい純粋観察型の探偵である。事件が起こる前から観察を始めていて、そこから推理を組み立てるのが都合よすぎる感じもしないではないが、犯罪の発覚以前から何かが起こるのを予知しているのはブラウン神父的だ。十二話中、殺人がなく窃盗や詐欺事件であるのが半数を占める（一編は犯罪ですらない）が、殺人のような凶悪犯でなければ放免してやるのがしばしばな点もまた。
『加田伶太郎全集』（五六―六二年発表、現・扶桑社文庫）がミステリ・ファンに人気が高く、何度も再刊されているのに対し、『黒いハンカチ』が忘れ去られていたのは、小沼丹が福永武彦ほど人気のある作家でなく（またまた失礼！）、また福永氏ほど本格推理マニアでなく淡々としているせいだろう。むしろ、北村薫らによって〝日常の中の謎〟を解くのがミステリのサブジャンルとして市民権を得た現在のほうが、読みごろになってきたとさえいえる。どれだけ忘れられていたかというと、博覧の北村氏もご存じなかったくらい。「……正直なところをいうと、これは、読んでいなくてよかったと思いました。そんなことをいうのは不遜ですが、要素として、わたしが書いたものと似ているところがあると思います。知っていたら書きにくかったかもしれない」（新潮文庫版『謎のギャラリー――名作博 本館――』）
『黒いハンカチ』は日常の謎派でなく普通の犯罪事件を扱っているが、味わいとしては不思議に通ずるものがある。殺害動機など、生臭い部分は巧妙に叙述が避けられている。動機を重視する社会派全盛の時代に、正当に評価されなかったのもしょうがない。半世紀近く経って、今こそ文庫化される時宜を得たというべきだろう。北村氏の指摘するように「懐古的」ではあっても、古びて意味不明になっている部分はほとんどない。一つだけ、現代読者にはまず分からないだろう点に注記しておくと、第四話「蛇」に出てくる「蚊トンボ・スミス」というのは、二九年に改造社版世界大衆文学全集で東健而が『世界滑稽名作集』に邦訳したウェブスターの小説——すなわち『あしながおじさん』のことである。

解説文中の小沼丹の文章はすべて『小沼丹作品集 Ⅰ—Ⅴ』(小澤書店、一九七九—八〇年)より引用したが、旧字体の漢字は新字体に改めた。

現在からすれば表現に穏当を欠く部分もあるが、著者が他界している現在、みだりに内容に手を加えるのは慎むべきことであり、かつ古典として評価すべき作品であるとの観点から、原文のまま掲載した。 (編集部)

【編集部注】『黒いハンカチ』は文化実業社発行〈新婦人〉昭和三十二年四月号より翌三十三年三月号までの一年間、本書収録順に連載され、三十三年八月、三笠書房より刊行された。

本書は、「単行本初版を定本としたが、全文にわたって著者の判断を仰ぎ、著者独自の用法に基いて漢字・送り仮名等の統一を施した」という小澤書店版の『小沼丹作品集Ⅱ』(昭和五十五年二月刊)を底本とし、適宜初出誌に当たった。

本書巻末の「あとがき」(三笠書房刊初版に付されたもの)にもあるように、初出誌と突き合わせてみると、かなりの異同があることがわかった。文字遣いにしても、連載時のものは初版に比べるとずっと仮名書きが多い。これは、雑誌編集部で読者対象を考慮してひらいたものを、単行本化に際して元に戻したのではないかと考えられる。右に記したように、本書では「著者の判断を仰」いだという小澤書店版に拠ったが、その際、ご遺族の意向もあって表記を新字新仮名遣いとさせていただいた。また、ルビを適宜振ったが、その際、連載時の仮名書きを参考にした。

初出誌〈新婦人〉では、毎回、永田力氏の挿絵二葉を付して掲載され、「ある女教師の探偵記録」という角書が各回タイトルに付されていた。

第一回の「指輪」には、編集部のものと思われる次のようなルーブリックが記されている。これが著者に依頼した際の編集部の狙いであったろうと思われるので、その全文を左に掲載しておく。

スリルがあってユーモラスで、そして主人公は英雄的な名探偵ではなく、どこにでもいる若い女性……だが、彼女の鋭いカンは、とぼけながら次々と事件を解決してゆく——そんな物語があったらいいなと思われませんか?　この軽妙な新連載小説に御期待ください。

検　印
廃　止

著者紹介　1918年9月9日東京生まれ。早稲田大学卒。同大教授。1954年，『村のエトランジェ』が芥川賞候補となり，以後，『懐中時計』『椋鳥日記』などを発表。1996年11月8日没。

黒いハンカチ

2003年7月11日　初版
2018年3月9日　9版

著者　小《お》　沼《ぬま》　丹《たん》

発行所　(株)　東京創元社
代表者　長谷川晋一

162-0814/東京都新宿区新小川町1-5
電　話　03・3268・8231-営業部
　　　　03・3268・8204-編集部
URL　http://www.tsogen.co.jp
振　替　00160-9-1565
工友会印刷・本間製本

ISBN4-488-44401-6　C0193